DE CANCALE

A TERRE-NEUVE

1re SÉRIE IN-8°.

Propriété des Éditeurs.

DE CANCALE

A

TERRE-NEUVE

L'ODYSSÉE

D'UN

PETIT MOUSSE

PAR ALFRED GIRON.

LIMOGES

EUGÈNE ARDANT ET Cⁱᵉ, ÉDITEURS.

L'ODYSSÉE

D'UN

PETIT MOUSSE

PREMIÈRE PARTIE

**I. — Le village de la Houle, près Cancale. La maison-
nette blanche. La famille Gallais. Energique résolution d'un enfant de douze ans. L'engagement.**

La Houle est un grand village de pêcheurs et de
marins. Il occupe le terre-plein qui s'allonge au pied
de la colline sur laquelle s'aperçoit Cancale, célèbre
par ses huîtres.

Parmi les plus modestes habitations du quai de la
Houle, on voit, sur la deuxième rangée, une maisonnette proprette et blanchie à la chaux.

Un chemin, entre deux murs de pierres sèches,
conduit du jardin au quai. Il dépend de la maisonnette où demeurait, au moment où commence cette
histoire, une famille de cinq personnes : une femme
de 35 à 40 ans, la mère, et quatre enfants. Le chef
manquait. Il avait disparu l'année précédente ; nous
dirons dans quelles circonstances.

Ces quatre enfants, dont l'aîné, un garçon, pouvait
avoir douze ans, et le plus jeune, une petite fillette,
quatre ans au plus, étaient assis de chaque côté d'une

table longue et étroite, dont la mère occupait le haut bout. Sous la table, allait et venait Poil-Roux, le chien de la maison, un roquet, qui devait son nom à la couleur de son poil.

Chacun des enfants avait devant soi une écuelle de terre grossière, remplie d'une soupe de congre et d'oseille, c'est-à-dire d'une soupe de poisson, un vrai régal pour la jeune famille. Aussi les enfants mangeaient-ils leur portion avec un plaisir et un appétit qui eussent fait envie à bien des gens à l'estomac fatigué et au goût blasé par des mets savoureux et raffinés.

L'aîné, Paul, seul ne mangeait pas et oubliait sa cuiller plantée au milieu de son écuelle. Le coude sur la table, la tête dans ses mains, il était plongé dans ses pensées et ne disait mot.

Depuis plusieurs jours la mère avait remarqué l'air soucieux et distrait de Paul, mais elle respectait son silence, car son fils tenait de son père, brave pêcheur de morue pendant la campagne d'été, de poisson frais et d'huîtres, selon la saison, lorsqu'il était revenu de Terre-Neuve, et Paul était peu communicatif. Ce n'était pas sournoiserie de sa part, mais esprit porté à la réflexion, car il avait le caractère franc et tout en dehors, et était un bon travailleur, s'occupant autant qu'il pouvait pour soulager sa mère, et ne refusant jamais le travail, malgré sa jeunesse. Obéissant et soumis, jamais il ne manquait de respect à sa mère. Aussi Perrine Gallais, ainsi se nommait cette digne mère de famille, chérissait-elle son Paul, son aîné, et en était-elle fière.

Perrine Gallais était veuve depuis peu de temps. Son mari, qui s'était embarqué au printemps de l'année précédente, pour la pêche sur le grand banc de Terre-Neuve, avait disparu, lui troisième, avec la chaloupe qu'il commandait, un jour qu'il était allé visiter des lignes tendues, la veille, sur les hauts fonds du banc. Surpris par une effroyable tempête après s'être éloignés du navire, on n'avait plus entendu parler de la chaloupe et de son équipage, et on la regardait perdue corps et biens. Cette croyance était générale.

Restée veuve avec quatre enfants en bas âge, Perrine Gallais luttait avec courage pour subvenir aux besoins de sa famille. Elle se levait au petit jour, réveillait ses enfants, les habillait pendant que la soupe chauffait; puis, le déjeuner pris, elle conduisait la petite troupe à l'école et allait à sa journée, ou, si elle n'en avait pas et qu'elle restât au logis, elle lavait le linge, raccommodait les hardes et nettoyait la maison.

Deux fois la semaine, le mardi et le vendredi, lorsque la pêche avait été bonne la veille et que Perrine avait pu acheter un lot de poisson, elle partait bien avant le jour, un grand panier de poisson à chaque bras et une manne d'huîtres en équilibre sur la tête et allait par les campagnes, souvent éloignées, offrir sa marchandise. Ces jours-là, une voisine obligeante et secourable soignait ses enfants et les menait à l'école.

La courageuse Perrine Gallais jouissait de l'estime et de la considération de tous ceux qui la connaissaient. On admirait la dignité de son caractère. De charitables personnes lui ayant proposé de la faire inscrire au bureau de bienfaisance, elle avait refusé.

— Tant que mes enfants ne souffriront pas de la faim, tant que je pourrai leur mettre une nippe sur le dos, je n'aurai pas recours à 'a charité publique, avait-elle répondu sans forfanterie.

Cette réponse ne lui était pas suggérée par un sentiment d'orgueil ridicule et déplacé, mais par quelque chose de noble dans le caractère, par ce sentiment de dignité personnelle qui empêche certains gens de rien devoir aux autres, tant qu'ils peuvent faire autrement.

Cependant, malgré un travail souvent au-dessus de ses forces, une économie soutenue et bien ordonnée, la courageuse Perrine sentait son cœur oppressé à la pensée que ses enfants pourraient éprouver des besoins qu'elle serait dans l'impossibilité de satisfaire. Elle voyait avec terreur les petites économies faites du vivant de son mari s'en aller petit à petit. Ce soir-là, ses pensées étaient encore plus tristes que d'habitude, aussi l'air sérieux et soucieux de son Paul la frappa-t-il davantage.

— Tu ne manges pas, Paul? lui demanda-t-elle avec une tendre sollicitude.

— Mais si, maman, répondit le jeune garçon en s'arrachant avec effort à ses pensées, et il prit sa cuiller.

— Tu ne trouves pas la soupe bonne, peut-être?

— Oui, oui, elle est très bonne, mais je n'ai pas faim.

— Ne pas avoir faim, à ton âge, ce n'est pas naturel, es-tu malade?

— Oh! non, maman.

— Alors, c'est la soupe qui ne te plaît pas. Que veux-tu, mon pauvre ami, je n'avais pas le moindre morceau de beurre à y mettre.

— Ce n'est pas pour cela que je ne mange pas, je vous assure, maman. Mais tenez, ajouta-t-il en riant, et il fit disparaître le contenu de son écuelle avec une promptitude qui montrait qu'en somme il ne trouvait pas la soupe mauvaise. Lorsqu'il eut fini, il repoussa son écuelle, et, regardant avec des yeux brillants sa mère, qui souriait, il lui dit d'un ton câlin qui contrastait avec son regard :

— Maman, il faut que je m'embarque. Donnez-moi votre consentement, je vous en prie.....

— Bon! voilà que tu reviens à cette drôle d'idée. Qui donc te donne des conseils?

— Personne ne me conseille, maman. Mais parlons peu et parlons bien, comme disait mon pauvre père ; et Paul s'arrêta le cœur oppressé à la pensée de son père.

— Nous grandissons, mes frères et moi, continua-t-il, mais en appétit surtout, et votre gain ne grandit pas, lui. L'année dernière, un pain de six livres nous faisait quatre jours, cette année, il ne nous en fait plus que trois, et de tout comme ça. Moi, je ne gagne même pas tout ce que je dépense. Au lieu de vous aider, je vous coûte..... Ça ne peut pas durer ainsi. Eh bien! il faut que le contraire arrive, ce qui aura lieu si je m'embarque.

— Tu es encore trop jeune, Paul, répondit sa mère, qui résistait.

— Trop jeune, maman! mais mon père n'avait pas l'âge que j'ai quand il partit mousse. Il l'a dit cent fois. — Je sais lire et un peu écrire. Plus tard, j'en apprendrai davantage chez M. Dagorsse, au cours du soir, entre mes voyages..... Vous voyez bien que je puis m'embarquer.

—Mais qui voudra te prendre, Paul? tu n'as pas de protection, objecta sa mère, qui reconnaissait au fond que son fils raisonnait bien.

— Oh! je ne suis pas embarrassé.

— Encore?....

—Eh bien! M. Desbarres.....

— L'armateur et le capitaine de l'Alexandre?

— Oui, maman.

— Je ne crois pas çà.

— C'est pourtant vrai, je lui ai parlé.

— Toi?....

— Moi.... il m'a dit de venir le trouver demain à Saint-Malo, maison Frossais, où il a son bureau, avec votre consentement par écrit.

— Et tu le lui as promis?

— Je ne pouvais pas, j'ignorais si vous voudriez. Il me donnera 70 francs pour le voyage, une gratification au retour, s'il est content de moi, et il me permettra de faire des provisions de capelan (1) et de petites morues.

C'étaient d'assez beaux avantages pour un petit

(1) Petit poisson qui ressemble à l'éperlan et qu'on prend en abondance à Terre-Neuve où il sert d'appât pour la morue.

mousse qui faisait son premier voyage, et, pourtant, Perrine Gallais hésitait à donner son consentement. C'est qu'il lui en coûtait beaucoup de se séparer de son aîné qu'elle pressentait devoir être son plus sûr appui dans l'avenir. Mais sur l'insistance de Paul, qui lui représenta les avantages de son engagement, entre autres, celui de trouver plus facilement à s'embarquer sur un bateau de la Houle, après avoir fait un voyage à Terre-Neuve, elle parut fléchir.

— Eh bien! consentez-vous, maman? demanda Paul au bout d'un moment.

— Oui, mon enfant, mais ça me coûte beaucoup, répondit sa mère.

A ces mots, les trois plus jeunes qui paraissaient dormir, la tête sur la table, auprès de leur écuelle, se redressèrent comme mus par un même ressort.

— Je veux m'embarquer comme Popol, dit Joseph, le cadet.

— Moi, je veux partir aussi pour devenir capitaine, dit François, le troisième.

Louisette, la plus jeune, et la préférée de Paul, se leva tout simplement, et, grimpant sur les genoux de son frère, elle entoura son cou de ses deux petits bras.

— Je ne veux pas que tu partes, moi, dit-elle, en l'embrassant bien fort, ou je pars avec toi.

Paul et sa mère eurent beaucoup de peine à faire comprendre aux bambins garçons qu'ils étaient trop jeunes pour s'embarquer, qu'on ne voudrait pas d'eux, et, à Louisette, qu'on ne prenait pas des petites filles pour mousse. Mais il ne fallut rien moins que la promesse d'une belle robe pour la consoler. Du reste, pensait-elle dans sa petite tête frisée : Paul n'est pas encore parti.

Le lendemain, Paul Gallais, muni du consentement écrit de sa mère, se rendit à pied à Saint-Malo. La route est longue de Cancale à cette ville ; mais le jeune gars, soutenu par son énergique résolution, la fit lestement, et, à onze heures, il entrait dans la ville maritime, célèbre par ses corsaires et ses hardis marins. Il n'eut pas de peine à trouver la maison Frossais, et il aperçut M. Desbarres sur le perron même. Il s'en approcha, son chapeau à la main, et lui remit la permission que lui avait donnée sa mère.

— C'est très bien, dit le capitaine Desbarres après avoir jeté un regard sur le papier. Suis-moi, et il montra le chemin au futur petit mousse. Dix minutes après, Paul Gallais sortait des bureaux, après avoir signé son engagement sur le brick l'Alexandre pour une campagne à la pêche de la morue, à la côte Est de la grande île de Terre-Neuve.

Il emportait les deux tiers du prix de son engagement, plus un pot de vin de 20 francs, soit une soixantaine de francs en belles pièces de cinq francs, qui paraissaient toutes neuves tant elles étaient brillantes. Jamais Paul Gallais n'avait été si content, ni si fier, car, jamais il n'avait vu autant d'argent, et cet argent était à lui. Il fallait le gagner, toutefois, mais le petit mousse s'en sentait la volonté et le courage.

Aussitôt dans la rue, Paul se rappela la promesse qu'il avait faite à Louisette. Il chercha un magasin pour faire l'emplette de la robe. Il parcourut les

principales rues sans trouver ce qu'il désirait, c'est-
à-dire une boutique de modeste apparence, mais où
il y eut, cependant, de jolies choses en montre. Il
faut dire aussi que les beaux magasins l'effrayaient
parce qu'il croyait y payer plus cher et qu'il avait
une peur terrible de se faire attraper.

— Vous voulez acheter quelque chose? lui demanda
à la fin une dame d'aspect respectable qui était sur
le seuil de sa boutique et devinait l'embarras du
jeune garçon.

— Oui, madame, répondit Paul en rougissant jusqu'aux oreilles.

— Eh bien! dites-moi ce que vous désirez, mon
petit ami.

— Une robe, madame.....

Un bruyant et joyeux éclat de rire parti du fond
du magasin accueillit cette réponse, mais un regard
de la dame l'interrompit net.

— Une robe pour vous, mon ami? interrogea la dame
avec un sourire bienveillant.

— Oh! non, Madame, pour ma petite sœur, et Paul
Gallais raconta naïvement la promesse faite à
Louisette.

— Entrez, mon ami, dit la maîtresse du magasin,
subitement intéressée par l'air modeste et la gentil-
lesse du petit mousse. Je crois que j'ai ce qu'il vous
faut et à aussi bon marché que possible.

Paul se rendit à l'invitation, et, après avoir donné
l'âge de Louisette et montré sa taille approximative,
il choisit, sur les conseils de la brave marchande, une
jolie robe de mérinos bleu, agrémentée de passe-

menterie blanche et d'un très bon goût. Seulement, il craignait qu'elle coûtât bien cher.

—Combien est-ce, Madame, car je ne voudrais pas dépenser beaucoup d'argent, pour en rapporter le plus que je pourrai à maman ?

—Mon ami, pour un autre ce serait dix francs.....

Le pauvre Paul, en entendant parler de cette somme, devint tout pâle et remit la robe sur la table.

—Mais pour vous, qui paraissez bien aimer votre maman et votre petite sœur, ce ne sera que la moitié.

Les yeux du petit mousse brillèrent de plaisir. Il aurait bien, de contentement, embrassé la marchande. Celle-ci plia la robe avec soin et montra un joli mouchoir bleu de soie légère, qu'elle mettait dans le paquet, en disant :

— C'est un cadeau que je fais à Louisette. Elle enveloppa et ficela le paquet et le donna à Paul Gallais, qui s'éloigna enchanté après avoir payé.

En passant sous la porte Saint-Vincent, il acheta un bateau de neuf sous pour Joseph, qui voulait être marin, et un fouet de six sous pour François qui voulait être charretier, et qui, faute de charrette et de cheval, attelait Poil-Roux à une vieille petite caisse et conduisait son attelage avec des hues et des dias comme un véritable charretier.

Paul, en revenant à Cancale avec tous ses achats et les dix ou douze pièces de cent sous qui lui restaient, ne marchait pas, il volait, tant il avait hâte d'arriver. Le brave petit mousse ne s'était rien acheté. Pour lui, il n'avait pas dépensé un sou. Il n'avait pensé qu'aux autres. Malgré que la faim se fît vivement sentir, il rentra au logis comme il en était parti, avec son écuellée de soupe dans l'estomac, pour toute nourriture, depuis le matin.

Ce fut une grande joie, à son retour, pour Joseph et François qui ne se lassaient pas d'admirer leur cadeau. Joseph faisait déjà naviguer son bateau dans la mare fangeuse de la cour, et François, qui avait attelé Poil-Roux à sa caisse, remplissait la maison de ses dias, hues, etc.

Louisette seule était triste et songeuse. Elle tenait sa robe dépliée sur ses genoux et la regardait d'un air morne. Jamais elle n'en avait eu d'aussi belle encore, et, cependant, des larmes perlaient dans ses grands yeux noirs.

— Est-ce que tu ne trouves pas ta robe à ton goût, Louisette ? lui demanda Paul surpris.

— Oh ! oui, elle est bien jolie, répondit l'enfant.

— Pourquoi pleures-tu donc ?

— Paul, je pense que tu vas partir... jusqu'à présent je ne pouvais pas le croire, mais je crois que c'est vrai, et c'est ce qui me rend triste. Quand je songe que je ne te verrai plus.....

— Bah ! je reviendrai, interrompit Paul.

— Notre père n'est pas revenu, lui, répondit Louisette avec un à-propos au-dessus de son âge.

— Notre père, notre père, répéta le petit mousse avec exaltation. Eh bien ! il reviendra avec moi ; je le ramènerai.....

— Si tu pouvais dire vrai, murmura Perrine Gallais,

qui rentrait à cet instant et qui avait entendu les dernières paroles de son fils.

Il est certain que Paul Gallais n'avait jamais pu se
figurer qu'il ne verrait plus son père et qu'il ayait
au fond du cœur l'espoir que, s'il allait à Terre-
Neuve, il le retrouverait là-bas. Cette espérance que
rien n'altérait, n'avait pas été non plus sans influence
sur sa résolution de s'engager.

Mais déjà son exaltation était tombée, et c'est
d'une voix plus faible qu'il ajouta :

— Oui, va! je ne serai pas longtemps dans mon
voyage, ma bonne petite Louisette, et je rapporterai
beaucoup de capelan que tu aimes tant, et je t'achè-
terai une autre robe toute blanche pour les grands
jours de fête.

Cette récente perspective consola un peu Louisette.
Elle se leva de sa petite chaise, courut à son frère et
l'embrassa tendrement sur les deux joues.

II. — Le trousseau, les adieux, le départ

Le lendemain, Perrine Gallais s'occupa du coffre
de Paul. Elle trouva une partie de ce qu'il fallait
pour le garnir dans les vieux effets laissés par son
mari. Quelques réparations les remirent en état de
service et quelques cadeaux de voisins généreux
complétèrent le trousseau du petit mousse. A la fin
de la deuxième semaine tout fut prêt et Paul n'attendit plus que l'ordre du départ.

La revue avait été fixée au 25 avril. Ce jour là,
tout l'équipage du navire, le capitaine en tête, doit

se présenter au bureau de la marine pour être passé en revue par le commissaire. L'appel nominal a lieu par ordre hiérarchique, après a lieu la lecture des conditions de l'engagement. Cette formalité remplie, tous les hommes engagés sont à la disposition du capitaine, qui peut faire arrêter par la gendarmerie maritime et conduire à bord du navire en partance, ceux qui n'y sont pas rendus le matin du jour fixé pour le départ.

Mais il n'y avait pas à craindre que le petit mousse manquât le rendez-vous par sa faute. Depuis le jour de la revue il ne vivait pas, tant il était impatient et inquiet. Enfin, le 30 avril, les vents passèrent à l'Est, c'étaient les meilleurs qu'on pût souhaiter, et le capitaine Desbarres fit prévenir son équipage de se trouver à bord de l'*Alexandre* le jour suivant pour partir le 2 mai.

A part les enfants, on ne dormit guère à la maisonnette de la Houle, cette dernière nuit, Paul Gallais par la peur d'être en retard, sa mère parce qu'elle avait le cœur bien oppressé du départ de son fils pour une contrée qui lui avait déjà ravi son époux. Enfin, elle prit courage. A trois heures du matin, elle se leva, alluma du feu et fit chauffer un grand bol de bon potage. Puis, elle fit du *micamoc*, c'est-à-dire du cidre fort, bouilli avec beaucoup de sucre et de l'eau-de-vie, boisson très appréciée des marins des environs de Saint-Malo, et particulièrement des pêcheurs de Cancale.

Paul ne mangea que pour obéir à sa mère : il n'avait pas faim. Enfin, le moment de la séparation arriva. Perrine Gallais serra quelques instants son fils dans ses bras en pleurant. Elle lui fit mille recommandations d'éviter les dangers et de ne pas s'exposer inutilement aux intempéries.

Les enfants dormaient encore et ne se réveillèrent pas. Paul se pencha vers eux et embrassa Joseph et François, mais il ne put retenir ses larmes quand ce fut le tour de Louisette, et l'une d'elles tomba sur le front de la petite fille et la fit tressaillir.

Ces adieux touchants furent interrompus par trois coups frappés à la porte de la maisonnette. C'étaient des marins, embarqués comme Paul Gallais sur l'*Alexandre*, qui venaient le chercher pour faire la route de Saint-Malo ensemble.

Paul s'arracha des bras de sa mère après l'avoir embrassée une dernière fois, il jeta un regard sur les petits, qui dormaient toujours et rejoignit ses camarades. Perrine Gallais resta sur le seuil de sa porte tant qu'elle entendit les voix et les pas de ceux qui s'éloignaient.

Puis elle rentra et ferma la porte.

Le jour commençait à poindre et l'aurore teignait en rose les côtes d'en face la Hoûle. On apercevait là-bas, au fond de la baie, le mont Saint-Michel encore encapuchonné des brumes matinales. On devinait Tombelaine plutôt qu'on ne le voyait. Une brise légère soulevait à peine de petits flots blancs et poussait devant elle quelques petits caboteurs et bateaux de pêche, aux voiles roses comme l'aurore.

— C'était un spectacle charmant.

III. — L'Alexandre.

Le navire sur lequel Paul Gallais commençait sa carrière de marin n'avait rien du héros macédonien dont il portait le nom. C'était un navire de 250 à 300 tonneaux, solide, mais lourd et massif de formes. Construit bien plus dans le but de résister au choc des glaces que pour une marche rapide, il était mâté en brick et classé dans la première série des navires qui vont à la pêche de la morue; c'est-à-dire qui ont un nombre déterminé d'hommes d'équipage et doivent armer tant de chaloupes de senne et de bateaux pour les desservir. Sa cale était remplie de sel sur lequel étaient rangés ses aplets et ses ustensiles de pêche. Au-dessus de la cale se trouvait un entrepont où les matelots pendaient leurs hamacs.

L'arrière du navire était réservé, selon l'habitude, à l'état-major. Là, se trouvaient la grande chambre du navire servant aussi de salle à manger, les cabines du capitaine et des officiers, les armoires où l'on serrait les conserves, les vins fins, etc. Les soutes au biscuit étaient en dessous du pont, la cambuse et les cabines du petit état-major entre la cale et la grande chambre. C'est dans la cambuse que se fait la répartition des victuailles ét qu'on mesure les rations. Le maître cambusier est un des personnages les plus importants du bord. Il est roi dans sa cambuse, et nul ne peut le distraire dans ses graves occupations sans être rappelé aux égards qu'on lui doit.

Le petit état-major se compose du cambusier

d'abord, puis du cuisinier, de son aide, du maître
d'hôtel et du mousse de la chambre, petit personnage
très important aussi, que son service met en rap-
ports continuels avec le capitaine et les officiers, et
qui peut acquérir une certaine influence quand il est
poli, actif, empressé et prévenant. C'est le plus heureux du bord lorsqu'il sait gagner les bonnes grâces
de tout le monde. Mais, c'est aussi celui qui excite
le plus l'envie et la convoitise des autres mousses
qui voudraient bien avoir sa place. Un mousse de
chambre dégradé et renvoyé à l'avant simple mousse
d'équipage, a bien de la peine à se relever d'un coup
pareil.

Lorsque Paul Gallais arriva près de l'*Alexandre*,
placé bord à quai, il était suivi de ses compagnons
et d'une charrette qui portait leurs coffres et leurs
literies à tous. Il remarqua en face et sur le pont du
navire un mouvement extraordinaire d'allées et de
venues. L'air était rempli de cris, d'appels, d'ordres,
de recommandations, de discussions même. On eut
dit une ruche prise d'assaut par un essain ennemi. Il
y avait sur le quai vingt charrettes portant les coffres et la literie de l'équipage de l'*Alexandre*, et, en
outre, montées sur le haut, les mères, les sœurs ou
les femmes des marins en partance. On ne peut se
figurer quel caquetage elles faisaient entendre. Peu
à peu, cependant, tout se calma. Les coffres furent
retirés des voitures et embarqués. Les literies les suivirent, ainsi que toutes ces petites provisions *extra*
qu'on permet aux matelots pêcheurs d'emporter.
L'embarquement de tous ces objets se fit avec une

promptitude singulière. Les matelots choisirent la place de leur hamac dans l'entrepont, placèrent leur coffre au-dessous, cherchant les bons coins et s'installant, le plus commodément possible, loin des courants d'air.

— Et toi, as-tu choisi ta place ? demanda le maître calier (1) à Paul Gallais, un peu ahuri de ce bruit et de ce mouvement.

— Non, Monsieur, répondit l'enfant.

— Qu'attends-tu donc ? dit le maître calier flatté de s'entendre appeler Monsieur, et il ajouta : Comment t'appelles-tu ?

— Paul Gallais.

— De Cancale ?

— Oui, Monsieur.

— Eh bien ! adresse-toi au second, ce grand, là-bas, qui porte une cravate de laine rouge, il te dira la place que tu dois occuper.

Paul s'approcha timidement de la personne que le maître calier lui indiquait.

— C'est le petit Gallais, cria celui-ci au second.

— Ah ! c'est toi, le protégé de M. Desbarres, dit le second. Eh bien ! il t'a désigné pour être mousse à la chambre. Où est ton coffre ?

— Là, dans la charrette, répondit le petit mousse tout rouge du plaisir que lui causait le grade important qui venait de lui être donné.

— Cotel, reprit le second en s'adressant au maître

(1) Le maître calier est le marin chargé de la surveillance de la cale et de l'entrepont d'un navire. Il doit savoir la place qu'y occupent les hommes et les marchandises.

d'hôtel, faites embarquer le coffre et la literie du mousse de la chambre et montrez à cet enfant la cabane qu'il doit occuper dans la cambuse. Veillez à l'installer convenablement.

Le maître d'hôtel s'empressa d'exécuter cet ordre donné d'un ton bienveillant, et vingt minutes après Paul avait pris possession de sa cabane, déroulé son matelas d'étoupe et de varech qu'il avait couvert de sa grosse couverture de laine, et placé dans les équipets les petites douceurs que sa mère lui avait données, ainsi que ses petites fournitures, aiguilles, fil, boutons et même linge à pansements, etc., indispensables au marin qui part pour un long voyage.

Quand son installation fut terminée, Paul Gallais revint sur le pont et fut tout étonné du calme qui avait succédé au bruit. Les charrettes, qui avaient apporté les coffres de l'équipage, étaient parties et on apercevait les dernières sur la chaussée du Sillon, reconnaissables aux grandes coiffes blanches des cancalaises qui avaient pris la place des coffres de leurs maris.

Paul les regardait s'éloigner, le cœur gros, car plusieurs, parmi eux, retournaient à la Houle ; mais son parti était pris de ne plus quitter l'*Alexandre*. Les adieux avaient été trop cruels pour lui, malgré sa fermeté apparente, et il ne voulait pas les recommencer.

Dès le jour même, il prit son service de mousse et servit à dîner M. Legal, le second, qui, lui aussi se confinait à bord. A part quelques petits détails qu'il ne pouvait pas connaître, il se tira assez bien d'af-

faire, grâce à son empressement et à son attention.
De ce jour, M. Legal le prit en affection et Paul eut
en lui un deuxième protecteur.

IV. — Sous voiles.

Le lendemain, au point du jour, le petit mousse
fut réveillé par un grand bruit sur le pont. C'étaient
des commandements brefs, des pas pressés, des cla-
meurs singulières et des espèces de chants cadencés
toujours les mêmes. Le capitaine Desbarres était
déjà à bord, debout près du timonnier, tandis que le
second se tenait à l'avant du navire. Chaque matelot
était à la place qui lui était assignée. Enfin, une
douzaine d'hommes viraient au cabestan où s'enrou-
lait la chaîne de la dernière ancre qui retenait encore
le navire immobile. C'était le moment de l'appareillage, et déjà la chaloupe et les canots de l'*Alexandre*
étaient embarqués. Il ne restait, à l'arrière, que la
pirogue qui devait ramener le pilote à terre lorsque
le navire aurait dépassé les récifs qui remplissent la
rade de Saint-Malo et en rendent l'accès si difficile.

Enfin l'ancre quitta le fond, l'*Alexandre* fit son
abattée sous l'influence de certaines voiles et commença à fendre la mer.

— En route pour l'Amérique, dit joyeusement un des
camarades de Paul Gallais en lui frappant familièrement sur l'épaule.

L'ancre hissée et saisie au bossoir, on déploya
toutes les voiles. Il ventait une bonne brise de l'Est,
et le navire, malgré ses grosses façons, faisait un

assez bon sillage, mais il tanguait et roulait terriblement.

Il est bien difficile, pour celui qui n'a pas le pied marin, de se faire à ces balancements du roulis et du tangage tant ils sont irréguliers et imprévus. Il faut y avoir été soumis pour se faire une idée de la difficulté qu'on éprouve à garder l'équilibre. Paul Gallais avait été quelquefois à la pêche au chálut sur les bateaux de Cancale et il se croyait fort. Mais, lorsqu'il se sentit emporté en hauteur ou descendre comme s'il eût été précipité au fond de la mer, ou bien balancé de droite à gauche, toujours par un mouvement auquel il ne s'attendait pas, il fut forcé de reconnaître que ce n'est pas sur un bateau de quelques tonneaux qu'on s'habitue au roulis et au tangage d'un grand navire. Il se cramponna aux cordages pour éviter de tomber. Bientôt la tête lui tourna, une salivation abondante remplit sa bouche et les premières atteintes du mal de mer se firent sentir.

— Eh! Gallais, lui dit un de ses voisins de la Houle qui avait fait plus d'un voyage à Terre-Neuve, le nez te blanchit, mon garçon, tu vas donner à manger aux poissons.

— Oh! non, non, répondit Paul prêt à vomir. On ne veut jamais convenir qu'on est en proie au mal de mer, comme si cette indisposition avait quelque chose de honteux.

— Si tu as mal au cœur, reprit le premier, mets un morceau de gras de lard dans ta bouche, ça va te guérir tout de suite.

Cette proposition de manger un morceau de gras de lard dans un pareil moment, produisit son effet accoutumé. Le pauvre petit mousse éprouva un haut le cœur, rien qu'à cette pensée. Il se pencha en dehors du navire et rejeta tout ce qu'il avait dans l'estomac.

— Paul, cria M. Desbarres en faisant signe au mousse d'approcher, tout le monde paie son tribut à la mer, mon enfant. Mais, si tu veux te débarrasser promptement de ton mal, c'est de t'efforcer, de ne pas y faire attention et de vaquer à ton service comme si tu n'éprouvais aucun malaise. Va! ce n'est pas dangereux.

Le petit mousse suivit ce conseil, et, s'armant de courage, il se mit au travail sans tenir compte de son mal de cœur et de ses étourdissements. Peu à peu, il se trouva mieux, et, dès le soir, il avait déjà le pied assez marin pour se livrer à ses occupations sans trébucher.

Cependant l'*Alexandre* avait laissé derrière lui les derniers dangers. Le pilote était retourné à Saint-Malo dans sa pirogue. Les ancres avaient été rentrées, et leurs chaînes, devenues inutiles pour le moment, avaient été descendues dans la cale. De l'avant à l'arrière, sur le pont, la place était nette et on pouvait s'y promener sans craindre de s'embarrasser dans les cordages, levés et mis en place.

L'*Alexandre*, toutes voiles dehors, doublait le cap Fréhel, laissait les dangereuses Roches-Douvres derrière lui, comme il avait laissé la Couchée et Cézambre, passait devant la baie de Saint-Brieuc et défilait le long de la côte de Bretagne en vue de Bréhat, des sept îles de Perros. Déjà on apercevait l'île de Batz à peine élevée de quelques pieds au-dessus de la mer et la côte sablonneuse de Roscoff.

Pour le petit mousse, tout était nouveau et matière à observations : la manœuvre des voiles, les commandements de l'officier de quart et ses recommandations au timonnier. Et lorsque M. Desbarres prit au méridien avec son octant le passage du soleil qui voulut bien se montrer à midi, il lui aurait bien demandé de lui expliquer cette opération, s'il eut osé.

Le soir, grâce au bon vent et à la mer belle, l'*Alexandre* apercevait les hautes tours, sœurs de la cathédrale de Saint-Pol-de-Léon. Ce n'était peut-être pas la route la plus courte qu'il avait prise pour sortir de la Manche, mais le capitaine Desbarres avait pour principe de perdre la terre de vue le plus tard possible.

V. — La traversée.

La traversée s'effectua jusqu'aux îles Açores sans incidents ; mais dans ces parages, l'*Alexandre* reçut un coup de vent qui mit en relief ses qualités nautiques. Il ne s'en tira néanmoins qu'avec un mât de hune et une basse vergue cassés. Peu de jours après, la température se refroidit sensiblement et des brumes fréquentes embarrassèrent l'atmosphère.

— Pourvu que nous n'ayons pas de banquise cette année, dit un jour M. Desbarres à son second, M. Legal. Depuis plusieurs années nous n'en avons pas eu, ce qui est extraordinaire. Aussi, je m'attends à ce que nous payions cette bonne chance une fois ou l'autre.

— Espérons que ce ne sera pas encore cette année, répondit le second.

— Ces brumes fréquentes que nous avons ne me disent rien qui vaille, répartit M. Desbarres. C'est un indice de glaces.

Un matin, au lever du soleil, la vigie signala, à deux milles en avant, une immense arcade de cristal. C'était une de ces glaces erratiques détachées du Groënland, comme il en dérive chaque année vers le sud, entraînées par les courants. La glace en vue avait une forme extraordinaire. On eut dit une immense ogive d'un granit de couleur rose tendre.

— C'est du sucre candi, dit un matelot farceur au petit mousse, qui, les yeux écarquillés, regardait la glace avec autant d'étonnement que d'admiration.

— C'est une glace flottante, répondit Paul Gallais. Pensez-vous donc m'en faire accroire? Vous oubliez que je suis de Cancale et que j'ai été élevé au milieu des récits de mon père et de ses amis sur les îles de glace et la banquise qu'on rencontre en approchant de Terre-Neuve.

Ces glaces erratiques sont de dangereux écueils, très redoutés des marins qui hantent ces parages. Qui pourrait dire le nombre de navires dont elles ont causé la perte, corps et bien, et qui ont disparu dans la nuit, sans laisser de traces de leur naufrage?....

On n'avait pas eu besoin de la rencontre de cette glace pour se tenir sur ses gardes à bord de l'*Alexan-*

dre. Nuit et jour, mais surtout la nuit, les vigies redoublaient de vigilance et scrutaient attentivement tous les points de l'horizon dans la direction que suivait le navire. Le jour, à moins de brouillard épais, on aperçoit les îles flottantes à temps pour les éviter. Mais il n'en est pas de même, la nuit; et le danger serait assez grand pour forcer les bâtiments à mettre en panne en attendant le jour, si ces grosses glaces n'annonçaient leur présence par une lueur blanchâtre qu'elles répandent autour d'elles et un abaissement sensible de la température.

Cependant l'*Alexandre* continuait sa route et rien n'annonçait que les craintes de M. Desbarres à l'égard de la banquise dussent se réaliser. Le temps était beau, mais le froid était vif et les brouillards de plus en plus fréquents.

Des volées innombrables d'oiseaux de mer se montraient de toutes parts et tournaient autour du navire en rasant les flots de leur vol rapide. Les mousses, ceux qui avaient déjà fait le voyage, chantaient :

> Tourne, tourne, godillon (1).
> Si l'on te prend ton compte est bon.

Le malheur pour les mousses, c'est qu'ils n'en prenaient pas. Ils avaient pourtant tendus du bord, au bout de grandes perches, des filets semblables à ceux dont se servent les enfants pour la chasse aux papillons, mais plus grands et d'un fil plus fort. Cependant, ils ne furent pas inutiles. M. Desbarres,

---

(1) Oiseaux de mer de la famille des palmipèdes.

qui était chasseur, se laissa tenter par l'occasion. Placé à l'avant du navire, il tua à coups de fusil plusieurs de ces oiseaux, qui, tombés à la mer, eussent été perdus s'ils n'en avaient été retirés par les mousses au moyen de leurs filets.

Un soir, M. Legal, qui avait une excellente vue, demeura tout à coup immobile, le regard fixé sur l'horizon. Puis il cria : navire devant.

— Où? demanda M. Desbarres en pâlissant.

— A droite du soleil. A ce moment, l'astre du jour commençait à plonger dans la mer. — J'en vois deux, trois, quatre, toute une flotte, ajouta M. Legal; la mer est couverte de navires devant nous.

— Mousse, ma longuevue, cria M. Desbarres en proie à une visible anxiété.

Le petit mousse bondit comme un kanguroo et revint avec l'instrument.

Le capitaine le prit. A peine y eut-il appliqué l'œil qu'il se redressa.

— En effet, ce sont des navires qui tournent l'arrière à la côte de Terre-Neuve, vers laquelle nous gouvernons, nous, dit-il avec un soupir.

— Qu'en concluez-vous, capitaine? demanda le second, frappé de la tristesse qui s'était répandue subitement sur le visage de M. Desbarres.

— Que tous ces navires, les uns en panne, les autres en travers ou faisant voile vers nous, voient la banquise et sont arrêtés par elle. Demain nous serons comme eux.

Nous devons dire ici que M. Desbarres était non seulement le capitaine de l'*Alexandre*, mais de plus son armateur, ainsi que d'un autre bâtiment qui devait venir le rejoindre, après sa pêche dans le golfe Saint-Laurent. Presque toute sa fortune était engagée sur ces deux navires ; une campagne manquée pouvait le ruiner. Or, la banquise, si c'était elle qui arrêtait les navires en vue, comme il le pensait, pouvait, en se prolongeant, compromettre la pêche de l'année.

On fit peu de route pendant la nuit et on redoubla de vigilance autant pour éviter le choc des glaces que celui des navires qui venaient à contrebord. De temps en temps on signalait la présence de l'*Alexandre* en soufflant dans des conques, gros coquillages des tropiques qui produisent un son sourd et lugubre s'entendant de fort loin.

Paul Gallais dormit peu. Bien qu'il ne fît pas encore le quart, il passa plusieurs heures sur le pont. Les matelots veillaient attentivement et soufflaient dans leurs gros coquillages d'une manière intermittente. Plusieurs fois, il leur sembla entendre, dans le silence de la nuit, le son d'autres conques qui venait de loin et paraissait leur répondre.

Tout était nouveau pour le petit mousse. Il regardait, écoutait en silence et restait de longs moments, appuyé sur la lisse, à contempler mélancoliquement les flots soulevés par une légère brise et qui venaient se briser sur les flancs du navire en laissant sur la mer de grandes plaques d'écume blanche. Il n'était pourtant pas complètement absorbé par ce qui se passait autour de lui. Il pensait à la maisonnette de la Houle, à sa mère, à ses deux petits frères et à

Louisette. Tout le monde dort sans doute, là-bas, se disait-il, et se porte bien. Mais, qu'arriverait-il des enfants si pauvre mère était malade?

Comme il était absorbé dans ses pensées, un compatriote, un voisin de la Houle, lui dit doucement :

— A qui penses-tu donc, Paul, que tu restes immobile et silencieux à regarder la mer et les vagues?

— A ma mère, à mes frères et à la petite Louisette, répondit le petit mousse.

— Eh bien! Paul, après la campagne tu les retrouveras bien portants et tes petits frères et Louisette bien grandis.

— Je l'espère, répondit le petit mousse, et si j'étais sûr seulement, ajouta-t-il avec un soupir, que le pain ne leur manquât pas!

— Il ne manquera pas, Paul.

— Qui me l'assure, Cartot? ainsi s'appelait l'interlocuteur du petit mousse.

— Moi, Paul. Les Cancalais, vois-tu bien, les pêcheurs, s'entend, forment une grande famille dont tous les membres sont solidaires. Lorsque l'un d'eux disparaît, les autres viennent en aide à sa femme et à ses enfants, s'il en laisse après lui..... Mais comment, ajouta Cartot, toi, qui as été si cruellement frappé par la mort de ton père, l'année dernière, as-tu choisi la dure carrière de marin et le métier plus dur encore de pêcheur de morue?

— Il le fallait bien, Cartot. D'ailleurs, c'est moi qui l'ai voulu. Ma mère ne voulait pas, elle, mais elle ne pouvait plus nous nourrir tous. Moi, je ne gagnais même pas ce qui m'était nécessaire.

— Et les voisins, ils ignoraient cela, donc?

— Je n'en sais rien; mais ma mère n'aurait voulu leur demander rien.

— Mais pourquoi ne s'adresse-t-elle pas au syndic des gens de mer, ou, à défaut de lui, à d'autres personnes qui se seraient empressées de vous secourir.

— Demander l'aumône! La veuve de Jean Gallais ne le fera jamais, s'écria le petit mousse en relevant fièrement la tête. J'ai préféré offrir mon travail. Le capitaine Desbarres m'a embarqué de suite avec lui.....

— Sans protection?

— Oui. Ne viens-tu pas de me dire que tous les pêcheurs de Cancale ne faisaient qu'une même famille et s'entr'aidaient dans le malheur. M. Desbarres s'en est souvenu, et c'est pour ça que je n'ai pas eu besoin qu'on me recommandât à lui.

— Peut-être bien, répondit Cartot.

— Ah! si mon père n'avait pas péri, je ne me serais pas embarqué; du moins, ce n'était pas son idée. On a trop de mal.

— Qu'aurais-tu fait?

— Je ne sais pas.....

— Après tout, ton père n'est peut-être pas mort, fit observer Cartot.....

— Oh! si tu pouvais dire vrai, interrompit le petit mousse.

— Je ne veux pas, Paul, faire entrer dans ton cœur un espoir que je n'ai pas moi-même; la déception serait trop cruelle. Ecoute-moi, pourtant. Personne n'a vu périr ton pauvre père, poursuivit

Cartot. Il est disparu, voilà tout. Et combien de marins, qu'on croyait morts, n'a-t-on pas vus revenir tout à coup au milieu des leurs.

— Si tu pouvais dire vrai pour mon père! répéta Paul Gallais dont un profond soupir souleva la poitrine.

VI. — La banquise.

Navire devant! cria une voix stridente du bossoir(1).

Le second, qui commandait le quart, se jeta sur la roue du gouvernail et lui fit faire un tour rapide. L'*Alexandre* vint le bout au vent. Grâce à cette manœuvre, un abordage fut évité, mais le navire signalé passa à moins d'un mètre.

— Quelle manœuvre faites-vous donc? cria d'un ton bourru M. Legal, à celui qui commandait à bord.

— Nous fuyons la banquise, répondit une voix.

— Vous devriez au moins avoir un feu pour signaler votre présence.

— A quoi bon avec la brume qu'il fait?

— Eh bien! faites comme nous, sonnez de la conque ou sonnez la cloche.

Au même instant et comme si elles n'eussent attendu que ce conseil, une quantité de cloches et de clochettes se firent entendre, les unes dont le son venait de loin, les autres autour de l'*Alexandre* et tout près de lui. En même temps, des commandements brefs et répétés annoncèrent la présence

(1) Le bossoir est une pièce de bois solidement fixée de chaque côté, à l'avant du navire et le débordant. C'est là que se placent en observation les hommes de vigie. C'est aussi au bossoir qu'on fixe les ancres quand on les lève.

d'un grand nombre de navires dans le voisinage.

Déjà le capitaine Desbarres avait pris place sur son banc de quart.

— La banquise est-elle forte? cria-t-il au hasard.

— Elle s'étend du nord au sud et à perte de vue, répondit, dans le silence de la nuit, une voix inconnue.

— Et large?

— Cinq milles à peu près.

— Voilà mes craintes justifiées, dit M. Desbarres à son second. C'est une terrible banquise! Reste à savoir le temps qu'elle nous barrera la route.

Paul Gallais avait assisté à cette scène dramatique et son cœur n'avait pas battu plus fort. Décidément, le petit mousse avait du sang-froid et du courage.

— Je ne me coucherai pas, dit M. Desbarres à son second, allez vous reposer, monsieur Legal, car je prévois pour demain de grandes fatigues pour nous. Si, encore, ce n'est que cela.....

— Je resterai avec vous, capitaine, si vous m'y autorisez, répondit le second.

— Soit, alors, appelez le mousse.

— Me voici, dit Paul Gallais en approchant.

— Ah! tu étais là, petit. C'est bien. Va dire au chef de nous faire un grog à l'américaine. Qu'en dites-vous, Legal? Il fait un froid noir et un grog bien poivré nous réchauffera.

— Et n'oublions pas les autres, Legal. Faites donner la goutte aux hommes de quart.

Vingt minutes après, M. Desbarres et son second humaient leur grog à l'américaine pendant que les

hommes de quart, restaurés par un coup d'eau-de-
vie et une galette de biscuit chacun, fredonnaient en
sourdine, à l'avant du brick, le refrain bien connu :

> Va, petit mousse,
> Le vent te pousse, etc.

Paul Gallais n'ayant rien de mieux à faire s'en fut
se coucher, impatient d'être au lendemain pour voir
enfin cette fameuse banquise dont il avait si souvent
entendu parler. L'*Alexandre* resta en panne une partie
de la nuit pour éviter un abordage comme celui qui
avait manqué de lui arriver. Du reste, on n'entendait
que sons de conques et de cloches plus ou moins
grosses et plus ou moins félées, et le cri répété par
les officiers : Ouvre l'œil devant ! ouvre l'œil devant !
pour tenir les vigies en éveil.

Le soleil se leva sans être accompagné de brouillard, chose rare dans ces parages. L'horizon était
même assez clair. Alors, de tous côtés apparurent de
nombreux navires pêcheurs. M. Desbarres en compta
près de cent, éparpillés autour de l'*Alexandre*. A
l'ouest, une ligne basse, d'une blancheur éclatante,
séparait la mer de l'horizon sur une étendue considérable. C'était la banquise.

Le spectacle était grandiose. Les marins de
l'*Alexandre*, pour lesquels, cependant, il n'était pas
nouveau, le considéraient silencieusement et d'un
œil morne, comme un danger réel, sinon immédiat.

M. Desbarres et son second grimpèrent dans la
mâture, leurs jumelles de marine en bandouillère.
Comme l'avait dit, la nuit précédente, la voix incon-

nue, la banquise s'étendait, à l'horizon, aussi loin que le regard pouvait atteindre, sur une largeur moyenne de cinq milles. Sa bordure extérieure décrivait de petits havres, des criques et comme des embouchures de rivière. Des glaces détachées, plus ou moins grosses, ressemblaient à des roches d'une blancheur de neige, et, dans les interstices des glaces, la mer paraissait d'encre, par la brusque opposition des couleurs.

Par delà la banquise, on apercevait les hautes côtes septentrionales de Terre-Neuve, à l'aspect morne et sauvage, zébrées de névées, tranchant par leur blancheur sur le vert foncé des forêts de sapins.

— La banquise s'appuie sur la terre, dit M. Desbarres d'un air triste, et si un coup de vent du sud-ouest ne vient pas l'en détacher, elle peut nous retenir longtemps ici.

— Alors nous aurons les glaces erratiques à craindre et le danger n'en sera que plus grand, observa M. Legal.

— Nous les éviterons et nous pourrons gagner la côte et nous réfugier dans un havre où nous serons en sûreté, répondit le capitaine.

Il faisait beau temps, mais le soleil n'avait pas ses beaux rayons dorés que nous lui voyons en France, surtout dans le midi. Ils étaient empâtés et donnaient à l'atmosphère un aspect lacté. La banquise ressemblait à un immense plat de lait caillé répandu sur les flots. De temps en temps, un brouillard d'une épaisseur intense, un brouillard à couper au couteau, selon l'expression pittoresque des marins, sortait on ne sait d'où. Une boule blanche et opaque, grosse comme ces ballons gonflés d'hydrogène que certains magasins de nouveautés de Paris donnent à leurs clients pour leurs enfants, apparaissait tout à coup dans le ciel, grossissait avec une promptitude extraordinaire, et, en quelques minutes, la brume remplissait toute l'atmosphère. Alors, c'était un carillon assourdissant de toutes les cloches et du son lugubre des conques pendant que les navires les plus près prenaient, dans la brume, des proportions fantastiques. Tel petit bâtiment, qui ne portait pas cent tonneaux, paraissait un vaisseau de ligne dont on n'apercevait pas l'extrémité des mâts se perdant dans le ciel.

Puis, de même que le brouillard était venu sans cause apparente, il disparaissait soudain. Les rayons du soleil le transperçaient comme de coups de lance, le déchiraient et ses lambeaux se dissipaient comme une blanche fumée, laissant voir tout à coup la mer, les navires qui voguaient toutes voiles dehors, la banquise et les côtes d'en face.

Cependant, ces scènes grandioses deviennent monotones à la fin. On s'y habitue. Le vague d'un avenir inconnu et les dangers qu'il peut réserver ne laissent pas de causer une sorte de malaise dans l'esprit. Ces brouillards et cette banquise impassibles sont des forces inertes, qui impatientent. On préférerait la lutte. A la longue, on devient taciturne. Si on pense, on garde ses pensées pour soi. Tout au plus, le capitaine et les officiers se communiquent-ils leurs espérances et leurs prévisions.

Aussi, est-ce une bonne fortune quand un incident quelconque vient apporter quelque distraction aux pauvres ennuyés. C'est une glace monumentale qui s'écroule avec fracas. C'en est une autre, dont la partie submergée a fondu au contact de la mer, toujours plus chaude que l'air, qui perd son équilibre, oscille et chavire avec non moins de fracas en produisant des vagues énormes. C'est encore un simple volier d'oiseaux de mer qui passent en rasant le navire ; quelques étourdis viennent se jeter dans les voiles ou les cordages et tombent sur le pont où ils sont vite ramassés pour aller engraisser la soupe du maître coq (le cuisinier des matelots).

Ce jour-là, le hasard ménagea un de ces passe-temps aux hommes de l'*Alexandre.*

Pendant qu'on mangeait une soupe au lard et aux fèves à bord du brick, il était survenu un de ces brouillards que nous avons déjà décrits. On parlait peu et le bruit seul des cuillers de bois sur les gamelles se faisait entendre. Le capitaine Desbarres et ses officiers dînaient dans la salle à manger. Paul Gallais allait et venait de cette pièce à la cuisine pour leur service. Comme il en revenait, portant un plat de conserves, il faillit le laisser échapper de saisissement et de frayeur. Dans l'espace, laissé libre à tribord, par les glaces, il venait d'apercevoir la tête d'un homme, qui nageait en soufflant bruyamment et semblait sortir des profondeurs de la mer.

Il avait la tête grosse et ronde ; les yeux, ronds aussi, étaient noirs, et la lèvre supérieure hérissée d'une énorme moustache fauve, plus longue qu'épaisse, ressemblant à celle du chat.

— Là! là! un homme qui vient du fond de la mer, s'écria Paul Gallais en montrant l'apparition d'un geste et avec une expression d'épouvante sur la figure.

Quelqu'étranges que parurent ces paroles, pas un matelot ne fut tenté de rire ou de se moquer. Mais tous se levèrent sans mot dire et s'approchèrent de la lisse (le bord du navire).

— C'est un loup-marin, dit à voix basse un des hommes qui avait vu plusieurs de ces animaux dans ses précédents voyages.

— Oh! si le capitaine était là avec son fusil, dit un autre matelot.

— Je cours le prévenir, dit Paul Gallais en descendant rapidement l'escalier de la chambre.

— Es-tu sûr de ne t'être pas trompé? lui demanda M. Desbarres.

— Oh! non, capitaine, répondit le petit mousse quand son émotion lui permit de parler. Maître Vaclot a dit que c'était un loup-marin; moi, je prenais cette grosse bête pour un homme tombé à la mer sans qu'on s'en fut aperçu.

— Allons voir, Legal, dit M. Desbarres en s'armant d'un fusil double à piston. Prenez aussi votre fusil.....

Le capitaine et son second montèrent sur le pont, avec leurs fusils chargés. Ils ne virent rien. Le phoque avait disparu. Le petit mousse, tout désappointé, s'approcha de la lisse, et, se penchant en dehors, regarda à la place où il l'avait aperçu. Sa vue était excellente. Alors, à plus de trente pieds en dessous de la surface de la mer, il distingua très bien plusieurs loups-marins qui nageaient entre deux eaux.

— Là, capitaine, dit-il à voix couverte en montrant d'un geste l'espace libre de glaces.

M. Desbarres s'approcha sans bruit, mais il ne vit rien d'abord. Sa vue n'était pas aussi perçante que celle du petit mousse. Cependant, à force de fixer l'eau, qui était d'une transparence parfaite, il finit par apercevoir plusieurs corps grisâtres qui se mouvaient dans les profondeurs de l'eau et montaient parfois presqu'à la surface. Il reconnut une troupe de phoques communs. Il était clair que leur curiosité était éveillée par la présence du navire, mais que le bruit qu'on faisait à bord les empêchait de venir à la surface de l'eau. Il recommanda de garder le plus profond silence et de ne faire aucun mouvement.

Tout à coup la brume se déchira par lambeaux et les rayons du soleil, glissant par les interstices, achevèrent bien vite de la dissiper. Depuis le matin, la banquise avait encore changé d'aspect. L'*Alexandre* se trouvait enfermé comme dans un bassin et la flotte des navires pêcheurs au milieu desquels il se trouvait, la veille, était éparpillée, tenue au large par de longues traînées de glaçons, qui formaient les parois du bassin. Une énorme glace plate de plus de deux cents pieds de longueur et autant de largeur se trouvait à tribord (1) du navire, laissant un espace

(1) Tribord est le côté droit du navire en regardant l'avant. Babord est le côté gauche.

libre de cinq à six brasses de diamètre. C'étaient là
que se prélassaient les loups-marins. Sur la glace, il
y en avait une douzaine couchés nonchalamment.
Du bruit que l'on fit à bord de l'*Alexandre*, malgré la
recommandation du cap'taine, leur donna l'éveil.
Inquiets, ils dressèrent la tête, et, apercevant du
mouvement sur le pont, ils gagnèrent le bord de la
glace en rampant à l'aide de leurs moignons et avec
des soubresauts grotesques. En moins d'une demi-
minute la moitié de ces amphibies avait disparu dans
la mer. M. Legal tira au hasard sur ceux qui se
trouvaient encore sur la glace et en blessa un, à
en juger par les taches de sang qu'il y laissa, mais le
phoque ne fut pas arrêté pour cela. C'en était fait de
la chasse, car sains et éclopés arrivaient au bord de
la glace et allaient se précipiter dans l'eau, lorsque
M. Desbarres, chasseur expérimenté et de sang-froid,
visa, sans se presser, le plus gros phoque, celui dont
la peau noire, marbrée de taches blanches, était la
plus belle. Le coup partit et la pauvre bête, frappée
d'une balle au milieu du front, resta sur place comme
foudroyée.

Hurrah! crièrent tous les marins.

Un homme voulut courir s'en emparer. Mais le
glaçon sur lequel il s'élança, tourna sur lui-même et
le pauvre matelot disparut dans les flots. Un cri
d'épouvante s'échappa de toutes les poitrines. Des
matelots saisirent des cordes pour les lancer à
l'homme, d'autres prirent des gaffes pour l'accrocher
par ses vêtements. Paul Gallais, lui, qui nageait et
plongeait comme tout enfant de Cancale sait le faire,

se débarrassait, à la hâte, de ses grosses bottes et de
ses lourds vêtements. Déjà il enjambait la lisse pour
s'élancer au secours de l'homme qui se noyait, lorsque le second, qui, de glaçon en glaçon, était par-
venu à l'atteindre, parvint à le saisir par le collet au
moment où il reparaissait. On s'empressa autour du
malheureux, on lui ôta ses vêtements mouillés et on
le coucha dans un bon lit. Le maître d'hôtel lui ap-
porta un grand bol de vin bien chaud de la part du
capitaine. Il le but, fit un bon somme, et, le soir, il
ne se ressentait plus de son bain glacial.

On complimenta le petit mousse sur son courage et
son bon mouvement, puis on s'occupa du phoque,
qu'entre-temps on avait hissé sur le pont. Il pesait
bien deux cents kilogrammes. On l'écorcha et sa peau
fut partagée entre les officiers et les principaux maîtres, pour faire des blagues à tabac. La peau de
phoque, frottée avec du son, s'assouplit et a la propriété de conserver au tabac son arôme et sa fraîcheur.

Paul Gallais, qui avait joué un rôle important
dans la capture du loup-marin, eut sa part dans la
distribution. Elle fut double de celle des autres et
coupée dans la plus belle partie de la peau, c'est-à-
dire où les taches noires sur gris-foncé étaient le
plus tranchées. Le petit mousse ne fumait pas. Cependant, il reçut son lot avec joie. Naturellement, il
pensa à son père, auquel il eût été si heureux d'offrir de quoi faire deux belles blagues, et une larme
effleura sa paupière.

VII. — Grave résolution du capitaine.

Cependant, les jours se succédaient et aucun changement ne se produisait dans la banquise. Elle était toujours immobile. A peine ses contours s'ébrêchaient-ils çà et là, mais pour former des pointes de glaces qui s'avançaient dans la mer comme des caps. L'impatience gagnait M. Desbarres, menacé de manquer sa campagne. Elle commençait même à gagner officiers et matelots, car tous les pêcheurs, quelque soit leur rang hiérarchique, sont intéressés à ce que la pêche soit abondante par la part qui leur en revient sous forme de gratification.

Depuis deux jours, M. Desbarres avait de fréquents entretiens avec M. Legal et le médecin du bord. (On sait que les navires sont tenus d'avoir un médecin ou un officier de santé par nombre déterminé d'hommes d'équipage ou de pêcheurs portés sur le rôle.) Deux ou trois vieux maîtres, marins ayant l'expérience de ces parages, étaient appelés à ces conciliabules.

La question qui s'agitait dans ces entretiens était grave. Il s'agissait de décider si on tenterait de se frayer un passage dans la banquise pour gagner la côte de Terre-Neuve qui apparaissait aux pauvres marins de l'*Alexandre*, comme jadis, la terre promise aux Hébreux.

Le capitaine Desbarres prétendait qu'en entrant brièvement dans la banquise on pouvait se glisser, au moyen des voiles et d'amarres, de couloir en cou-

loir et de clairière en clairière jusqu'à la côte, et
peut-être même jusqu'au havre dans lequel l'*Alexandre* avait sa place marquée.

— Je l'ai essayé une fois, et cela m'a réussi, ajoutait le capitaine Desbarres. C'était à la Crémaillère (1).
Une bande de glaces, de plus d'une lieue de largeur,
me séparait de l'entrée du havre. Après plusieurs
jours d'attente, je me décidai à forcer le passage.
Pas un des nombreux navires qui me voyaient faire
cette tentative, ne voulut m'imiter. Pendant qu'ils attendaient la débâcle au large, je m'installais au
chaufaud, j'y emmagasinais mon sel, j'envoyais faire
du bois, je faisais réparer les bateaux et les cabanes.
De sorte que le jour où les glaces détalèrent et où le
premier des navires qui avaient attendu ce moment,
pénétra dans la Crémaillère, tous mes bateaux partaient en pêche et revenaient, le soir, à moitié chargés de poisson. Lorsque mes voisins purent faire
comme moi, j'avais plus de cinq cents quintaux de
morue à la pile.

M. Legal, le médecin et un maître de senne étaient
du même avis. Le maître d'équipage, vieux marin,
qui avait été plus de trente fois à Terre-Neuve, faisait seul des objections.

— Moi aussi, répondit-il, je me suis trouvé avec
des capitaines qui ont tenté l'aventure comme c'est
votre avis de le faire, et nous ne nous en sommes
jamais bien trouvés. Rien n'est plus facile que d'entrer dans les glaces, ni plus difficile que de s'en tirer.

(1) Nom d'une baie à la côte Est de Terre-Neuve.

Trouverez-vous les couloirs et les clairières sur lesquels vous comptez pour gagner la côte? Et si vous
ne les trouvez pas, ne serons-nous pas entraînés
dans le sud par les glaces, jusqu'au jour où une
tempête les dispersera. Qu'arrivera-t-il ce jour-là de
l'*Alexandre*? Ballotté par les vagues, poussé par le
vent sur les glaces, flottant à l'aventure, ne sera-t-il
pas mis en pièces?

— Mais nous allons passer la meilleure partie de
notre temps, peut-être, à contempler la terre, qui se
couvre déjà de verdure printanière, objecta le médecin auquel une grosse gratification était promise si
la pêche donnait un produit déterminé d'avance.

— C'est à craindre, répondit M. Desbarres auquel
les observations du vieux marin n'avaient pas paru
faire plaisir. Nous voici bientôt au mois de juillet.
L'année dernière, à cette époque, nous avions déjà
50,000 morues dans le sel.

— Oui, mais il y a deux ans nous n'en avions pas
une seule, ce qui ne nous a pas empêchés de revenir
à Saint-Malo, chargés à couler bas, à la fin de la
pêche, répliqua le même homme.

— Après tout, on peut toujours tenter quelque
chose, sauf à rebrousser chemin si la percée est trop
difficile, dit le médecin.

— Si la banquise nous le permet, répliqua Chartois, le maître qui faisait des objections, et il ajouta :

— Tenez, mon capitaine, je ne veux pas que l'on dise
que la pêche a manqué pour avoir tenu compte de
mes observations. Je ne suis pas un peureux, ni une
femmelette, nom d'une pipe!.... Entrez dans la ban-

quise et il ne dépendra pas du vieux Chartois que l'*Alexandre* soit affourché (à l'ancre) dans la baie du Morne-Rouge avant trois jours.

Le capitaine Desbarres serra cordialement la main de son maître de senne.

— A la bonne heure! dit-il, j'aime mieux une réponse nette et franche, qu'une réponse à la normande, qui ne dit rien.

— Et vous, messieurs, ajouta-t-il en se tournant vers ses officiers, quel est votre avis?

— Nous ferons comme Chartois, répondirent-ils à l'unisson.

— Eh bien! c'est entendu. De la hune, je vais interroger la banquise avec ma longuevue, et si je découvre un couloir ou une clairière qui nous offre une chance de gagner la terre, nous entrons résolûment dans la banquise.

Paul Gallais avait entendu cette conversation. Si on lui avait demandé son avis, il eût opiné pour tenter le passage immédiatement. Ce n'est pas qu'il ne connût le danger d'une aventure pareille. Il avait assisté à trop de récits entre son père et ses amis, au retour de Terre-Neuve, pour ignorer les risques auxquels on s'expose et trop de marins de sa connaissance avaient perdu la vie dans les glaces pour qu'il se fît illusion à cet égard. Mais, à son âge, on est sollicité par le spectacle de choses qu'on n'a pas encore vues et le péril n'apparaît qu'au deuxième plan, en admettant qu'on y pense. D'ailleurs, il avait une envie irrésistible de connaître cette grande île de Terre-Neuve et la vie qu'on y mène, sujets d'éternelles conversations à la maisonnette de la Houle, pendant les veillées d'hiver, lorsque le vent grondait dans la cheminée et que la vague se brisait sur la digue.

D'un autre côté, Terre-Neuve vue à distance ne lui paraissait pas effrayante. Sa flore alpestre, composée en grande partie de conifères, avait des tons verts variés à l'infini, qui charmaient le regard; et, comme de loin, les aspérités et l'ondulation des collines n'étaient plus apparentes, on eût dit une belle campagne couverte de taillis et de bocages sous l'ombrage desquels des hommes, qui, depuis des semaines n'avaient que la vue du ciel et de la mer, eussent été charmés de se promener.

Cependant, M. Desbarres interrogea vainement l'horizon tout le reste de la journée. Il ne vit que la banquise ininterrompue devant le navire, et pas le moindre couloir, ni la moindre clairière. Mais le soir, il remarqua que le ciel s'encrassait, pour nous servir d'une expression habituelle aux marins, c'est-à-dire prenait une teinte grise de plus en plus sombre, dans le sud-ouest. Cette remarque lui causa un vif plaisir, car l'aspect que prenait le ciel, annonçait un changement de temps qui pouvait modifier la banquise et la disloquer. Il ne dormit guère cette nuit là; et vingt fois il monta sur le pont pour voir ce qui se passait. Ses prévisions ne le trompèrent pas. Vers trois heures du matin, le vent changea et passa à l'ouest, puis au sud-ouest. Au lever du soleil, M. Desbarres vit que la banquise, qui, la veille, s'appuyait sur la terre, s'en était détachée, que des couloirs et des clairières s'y étaient formés et rendaient le banc moins compact.

A cette vue, une exclamation de satisfaction s'échappa de sa poitrine.

— Messieurs, dit-il à ses officiers, si rien d'imprévu n'arrive d'ici à la nuit, nous coucherons au Morne-Rouge.

Et comme pour appuyer ces paroles, un soleil éclatant se montra au-dessus de l'horizon et acheva de dissiper quelques tumulus de brume éparpillés dans l'atmosphère.

Les voiles furent orientées de manière à recevoir le vent et l'*Alexandre* entra dans un couloir, qui se dirigeait vers une grande clairière presque sous la côte.

On était heureux à bord de cette tentative et l'équipage exprimait son contentement par son entrain et la promptitude qu'il apportait à exécuter les ordres du capitaine. Paul Gallais était comme les autres, heureux, aussi lui. Il allait la voir enfin, de près, cette île quasi mystérieuse et fouler son sol. De joie, il alla changer son bonnet de laine bleu contre un de laine rouge, tout flambant neuf, ce qui lui valut les compliments des autres mousses, ses camarades.

L'*Alexandre* était enfin dans la banquise même et s'avançait par le couloir, toutes voiles déployées, par un temps superbe et un soleil radieux. Jusque-là, sa tentative semblait un jeu, et cependant, aucun des navires en vue, et il y en avait beaucoup, ne s'empressait de l'imiter. Etait-ce la crainte ou la prudence qui les retenait? ou leurs chefs trouvaient-ils que les glaces étaient encore trop compactes pour tenter de les traverser?

Malgré l'énergie et l'expérience de M. Desbarres, cette immobilité de leur part et le peu d'empressement qu'ils montraient à profiter de la circonstance favorable qui s'offrait, lui agaçaient les nerfs et il traitait leurs capitaines de peureux, de couards, de marins d'eau douce.

Le brick avança d'un mille et demie dans le couloir, gouvernant tantôt à droite, tantôt à gauche, bousculant par ci par là un petit glaçon qu'il ne pouvait éviter et dont le choc faisait trembler tout le navire, très solidement construit heureusement. Mais le passage se rétrécissait de plus en plus, et, de la hune, on en voyait la fin bien avant qu'il ouvrit sur la clairière. D'un autre côté la brise faiblissait. Les voiles, qu'elle n'avait plus la force de gonfler, pendaient en draperies le long des mâts et au-dessous des vergues, et l'*Alexandre*, faute d'aire, ne gouvernait plus.

M. Desbarres fit préparer de longs câbles que des matelots courageux allèrent, en les traînant, attacher à de grosses glaces devant le navire aussi loin que leur longueur le permettait et dont on tourna le bout gardé à bord au cabestan, mis en mouvement au chant cadencé d'une douzaine de matelots. On fit ainsi parcourir à l'*Alexandre* une cinquantaine de brasses, avec beaucoup de peine et même de danger pour les hommes qui sautaient de glace en glace pour porter, ou plutôt pour traîner ces amarres.

Mais on dut s'arrêter à l'approche de la nuit. D'ailleurs, le chemin parcouru était si peu de chose en comparaison de celui qui restait encore à faire pour atteindre la clairière que tous les matelots, même les plus décidés, étaient rebutés. La partie fut renvoyée au matin. On prit quelques mesures de prudence pour la nuit. Le navire fut solidement amarré à la plus forte glace, celle qui paraissait s'enfoncer le plus dans la mer. On soupa, et le service de nuit ayant été assuré sous la surveillance d'un officier, chacun alla prendre un repos bien gagné.

Le petit mousse, sa besogne terminée, s'accouda sur la lisse et laissa errer sa pensée, qui, naturellement, s'envola vers la maisonnette de la Houle et y vint retrouver sa mère, ses deux frères et la petite Louisette : il n'oubliait personne. Sans doute que tout le monde dormait à cette heure dans la maisonnette, si ce n'est Poil-Roux, qui était parfois pris d'aboiements féroces, lorsqu'il faisait clair de lune, car il n'aimait pas la lune. Puis sa pensée se reporta sur son pauvre père qu'il ne devait sans doute plus revoir.

Ne plus revoir son père! était-ce possible?.... Non!.... non..... et un vague rayon d'espoir, comme un de ces pressentiments que rien n'explique et qui s'empare de nous, remplissait son âme.

Le petit mousse resta longtemps à la même place, immobile et pensif. Il contemplait la banquise qui entourait le navire et dont la blancheur projetait jusque sur le navire et au-dessus d'elle une lueur très visible. Il prêtait l'oreille au crépitement que fai-

saient entendre les glaces en frottant les unes contre
les autres, poussées par un reste de brise intermittente, ou entraînées par les courants. De temps en
temps, le bruit d'un glaçon qui chavirait arrivait jusqu'à lui, et il se demandait ce qu'il adviendrait de
l'*Alexandre* si la glace à laquelle il était attaché venait
à basculer aussi. Cependant, il n'avait pas peur, et
le froid seul, très âpre en ce moment, commençait à
le faire grelotter. Il allait se coucher, lorsque M. Desbarres, qui, depuis que le premier quart de nuit était
commencé, était venu plusieurs fois sur le pont, lui
adressa la parole.

— Eh bien! Paul, lui dit-il d'un accent affectueux, que penses-tu de notre position? tu voudrais
bien être à la Houle, n'est-ce pas?

— Capitaine, j'aime mieux être avec vous. Il faut
bien faire son métier et gagner ses avances.

— Tu n'as donc pas peur des glaces?

— Non, capitaine. Ce non, exprimé sans affectation,
mais avec énergie, fit sourire M. Desbarres, qui
pensa que bien des hommes de l'*Alexandre* n'auraient
pas répondu avec autant de fermeté.

— Bah! c'est un mauvais quart d'heure à passer,
et demain, j'espère, nous serons en sûreté dans le
havre du Morne-Rouge, bien que, avec les glaces,
on ne soit jamais sûr de rien.

— Eh bien! si nous n'y sommes pas demain, nous
arriverons un jour plus tard, et nous regagnerons le
temps perdu, dit Paul, qui comprenait l'inquiétude
de M. Desbarres pour ses intérêts compromis par
cette banquise persistante.

M. Desbarres fut content de la réponse de l'enfant.
Lorsqu'on craint un malheur, c'est toujours une
satisfaction pour la personne menacée de le voir
mettre en doute. Aussi, dit-il au petit mousse d'un
ton plus affectueux encore :

— Il fait bien froid, Paul. Il faut aller te coucher,
dormir et prendre des forces ; on ne sait pas ce que
l'avenir nous réserve.

Paul Gallais suivit le conseil de son capitaine, et
vingt minutes après, il dormait à poings fermés.

M. Desbarres ne s'était pas trompé en disant
qu'avec les glaces on ne peut rien prévoir. Le lendemain, au soleil levant, qu'il attendait avec impatience, il vit son bâtiment entouré de tous côtés. Le
vent avait changé pendant la nuit, et sous la poussée
d'une forte brise de l'Est, la banquise s'était tassée.
Plus de traces du couloir parcouru la veille, plus de
clairières en vue, plus d'espace de mer libre le long
de la côte sur laquelle s'appuyaient d'énormes pla-
teaux de glace immobiles. Et pas un seul bâtiment
en vue ; tous, ils avaient pris le large. Seul, l'*Alexandre* était resté, emprisonné dans la banquise, qui dérivait lentement vers le sud, l'entraînant avec elle.

A ce spectacle, M. Desbarres pâlit et sa figure, au
teint bronzé, prit une expression sérieuse que ne lui
avait pas vue encore le petit mousse. Mais il n'était
pas homme à se rendre sans lutter, même contre les
éléments. Il donna l'ordre de faire et de manger la
soupe à la hâte et fit distribuer à chaque homme de
l'équipage un boujaron (1) d'eau-de-vie. Pendant que

(1) Boujaron, petite mesure en fer-blanc, qui contient à peu près 1/30 de litre.

le coq faisait la soupe, on largua toutes les voiles. Il ventait une forte brise, et le capitaine Desbarres espérait, grâce à elle, refouler les glaces, les écarter et s'ouvrir un passage.

Pendant quelques instants, il put croire au succès de cette manœuvre : quelques glaces, d'un volume relativement faible, s'écartèrent et laissèrent passer l'*Alexandre*. Mais bientôt repoussées par le navire, elles se massèrent devant lui et formèrent une espèce de digue inébranlable. On essaya de les écarter au moyen d'espars, de grélins, de bigues; mais après des efforts inouïs, il fallut y renoncer, le navire n'avait pas avancé de dix mètres. M. Desbarres fit alors sonner le déjeuner, espérant que, pendant le repas, il se produirait dans la banquise quelques mouvements, qui permettraient de reprendre le travail avec plus de chance de succès. Mais le repas terminé, rien n'avait changé, si ce n'est que les glaces, sous la pression du vent, s'étaient tassées davantage, ne laissant plus voir un seul de ces interstices qui avaient entretenu une lueur d'espoir dans l'esprit du capitaine. Il fallut bien se rendre à l'évidence : l'*Alexandre* était prisonnier dans la banquise, jusqu'à ce qu'il plut aux éléments de lui rendre la liberté.

On serra les voiles, on leva les cordages, câbles et manœuvres, on dégagea le pont de tout objet pouvant gêner la circulation. La moitié de l'équipage fut envoyée dormir, et l'autre s'occupa à réparer le gréement.

VIII. — Pris dans les glaces.

L'*Alexandre*, prisonnier dans la banquise, était aussi immobile que s'il eût été hallé à terre. Il suivait les évolutions des glaces, comme s'il eût fait corps avec elle, et dérivait vers le sud à raison d'un quart de mille par heure, ainsi que le constata M. Desbarres au moyen de relèvements sur différents points de la côte. Le capitaine était silencieux; il avait le regard triste, mais non pas découragé.

— Après tout, dit-il à son second, nous ne courons pas grand danger pour le présent et je ne regrette pas l'essai que nous avons fait. Je m'en serais voulu, si, ne l'ayant pas fait, j'eusse appris, plus tard, qu'un navire plus audacieux que nous, avait atteint la côte avant nous.

On pouvait prendre ces paroles comme une excuse que s'adressait M. Desbarres pour sa témérité.

— Si nous avions réussi, ajouta-t-il, quelle eût été notre satisfaction et comme les autres navires auraient regretté de n'avoir pas suivi notre exemple.

Bien qu'il n'y eût aucune apparence de voir la banquise se disloquer, le capitaine ne cessait d'interroger l'horizon avec sa longue-vue qu'il ne quittait pas. Mais la nuit vint sans amener de changement. Seulement, la brise de vent d'Est augmentait, les glaces pesaient de plus en plus sur le navire et le froid devenait très vif. L'équipage était morne et silencieux, plus encore que le capitaine, qui avait encore de temps en temps le mot pour rire. Plus de

chansons, plus de plaisanteries ni de ces grosses
farces dont les matelots s'amusent et qui les font
rire. Après le repas du soir, la surveillance de la nuit
ayant été assurée, tous ceux qui n'étaient pas de
quart allèrent se coucher. A dix heures, le navire
était silencieux comme un tombeau. Sensiblement
incliné sur bâbord (le côté gauche) par la poussée
des glaces, ses voiles serrées sur les vergues et sur
les mâts, ses manœuvres roidies par la tension et le
froid, on eût dit un navire pétrifié et abandonné, un
fantôme de navire. Le silence de la nuit n'était inter-
rompu que par les petits coups de cloche du timonnier indiquant l'heure, et les cris : hommes de vigie,
attention! lancés toutes les dix minutes d'une voix
mâle et brève par l'officier de quart.

De temps en temps, M. Desbarres, qui appréciait
à sa valeur la grave responsabilité de tant d'exis-
tences confiées à son expérience et à sa prudence,
apparaissait sur le pont et s'approchant comme une
ombre de l'officier, lui adressait, à voix basse, cette
question toujours la même :

— Quoi de nouveau ?

A laquelle l'officier répondait invariablement :

— Rien, capitaine, tout va bien.

Et le capitaine se retirait sans bruit, comme il
était venu.

Au jour, on s'aperçut que la banquise avait fait
beaucoup de chemin vers le sud. Belle-Isle et Groix,
deux îles qui ne sont éloignées de Terre-Neuve que
de trois ou quatre lieues et que, la veille, on voyait à
peine, comme une mince ligne noire au-dessus de

l'horizon, se montraient distinctement à l'avant du navire, avec tous les accidents de leur profil. Il était évident que le vent, secondé par les courants, emportait avec une certaine vitesse les glaces vers ces deux îles.

— Il existe un bon havre à Belle-Isle, dit M. Desbarres. Si la banquise nous porte de son côté et que nous puissions y entrer, nous nous y réfugierons.

— Nous ferons bien, répondit M. Legal laconiquement.

Le temps était sombre ; mais il n'y avait plus dans l'atmosphère de ces brumes épaisses et instantanées comme on en avait rencontré aux approches de la banquise. La nature paraissait endormie. Pas un phoque sur les glaces, pas un oiseau dans le ciel. Seules les hautes terres de Belle-Isle et de Groix avec leur ceinture de rochers, et au-dessus d'eux, la verdure sombre des conifères. Et, dans le lointain, les côtes bleues de Terre-Neuve, tranchant sur la blancheur immaculée de la banquise, où l'on n'apercevait plus ni couloirs, ni clairières, mais rien qu'un vaste champ uniforme de glaces.

La journée se passa, comme les précédentes, triste et morne. Aucun incident ne vint en rompre la monotonie. Les hommes fumaient avec acharnement, accoudés sur la lisse et le regard errant à l'horizon.

— Ça va mal, dit l'un.

— La pêche est compromise si ça continue, répondait l'autre.

— Et comment sortirons-nous de cette banquise ? ajoutait un troisième.

Le petit mousse n'avait toujours pas peur, lui. Il avait une confiance sans bornes dans le capitaine Desbarres. Tout ce qu'il voyait l'intéressait et était matière à réflexions de sa part. Il remplissait son service de mousse à la chambre avec une activité et un entrain qui le faisaient bien voir des officiers et du petit état-major. Le cambusier seul ne l'aimait pas ; il en était jaloux, et lui aurait rendu la vie dure s'il avait pu. Mais Paul s'en moquait. Il se savait protégé du capitaine et bien vu des officiers, qui étaient satisfaits de sa politesse, de ses prévenances et de son travail. Il s'inquiétait peu de son inimitié et allait toujours son chemin.

Cependant, les courants entraînaient de plus en plus l'*Alexandre* et sa ceinture de glaces vers Groix, qui se dressait devant eux. Il était à craindre qu'il ne fût jeté sur quelqu'un des récifs qui existent autour. Et, précisément, il y a sur la côte nord de Groix deux écueils dangereux, distants l'un de l'autre de cent mètres à peine, désignés sous le nom de Cornes-du-Diable, et sur lesquels la mer brise avec fureur. La dérive portait directement le malheureux bâtiment sur ces affreux écueils. Le vent aidait les courants, tournait à la tempête et le temps était de plus en plus sombre. Heureusement que le navire engravé dans la banquise comme une pépite dans sa gengue, ne remuait pas plus que s'il eût été encore sur le chantier, mais la poussée était si forte que les glaces le soulevaient comme un fétu, et que la poupe était en l'air, tandis que la proue semblait apiquer.

L'équipage devenait inquiet. Les hommes allaient,

venaient sur le pont et prêtaient l'oreille aux propos des officiers.

M. Desbarres, toujours calme et impassible, ne manifestait aucune émotion. Mais il interrogeait souvent la banquise dans la direction des Cornes-du-Diable et faisait de fréquents relèvements à l'aide du compas. Cependant, malgré son calme apparent, il s'approcha de M. Legal, et lui dit à voix basse :

— Ces Cornes-du-Diable m'inquiètent. Si, à l'ouverture du détroit de Belle-Isle la dérive continue de nous porter dessus, nous sommes en danger de nous y perdre.

— Mais nous faisons partie intégrante de la banquise, répondit l'officier. Nous contournerons les écueils avec elle. En tout cas, les glaces qui nous enserrent nous serviront de bourrelet.

— Ne comptez pas là-dessus, mon cher Legal. La banquise se disloque. Ne vous en êtes-vous pas aperçu ?

— Non, monsieur.

— Eh bien ! faites attention et vous allez remarquer sous vos pieds de petites trépidations du navire. C'est le commencement du roulis.

En effet, le second sentit à plusieurs reprises le navire trembler sous ses pieds. C'était une vibration expirante dont la cause venait de loin. La glace sur laquelle s'appuyait l'arrière du navire se soulevait de plus en plus, ce qui n'échappa pas à M. Desbarres.

— Cette glace m'inquiète aussi, dit-il au second. Je crains qu'elle se déplace et que, dans son mouve-

ment de rotation, elle nous cause de graves avaries,
si encore elle ne nous entraîne pas avec elle.

— Si on pouvait faire glisser le navire de dessus?
répondit le second.

— Nous allons le tenter.

Un long câble fut allongé sur la banquise du côté
opposé à la glace et solidement fixé par son extrémité à une aspérité qui débordait en hauteur. L'autre
extrémité fut enroulée au cabestan. La machine mise
en mouvement par dix vigoureux marins pourvus de
barres d'anspect, tourna sur elle-même. Le câble se
tendit, et, à son appel, le navire glissa d'un pied.

— Hardi! mes enfants, cria M. Desbarres. Il y
aura double ration de vin si nous dégageons le navire
de ce malheureux glaçon.

A pareille promesse, qui ne trouve jamais les
marins insensibles, les hommes entonnèrent une
chanson d'ensemble et redoublèrent d'efforts. Le
navire glissa d'un second pied. Puis, sous un dernier effort, il dérapa tout à fait et se trouva à flot
dans sa position normale. Mais par suite de cette
décharge, qui dérangeait son équilibre, la glace
oscilla deux ou trois fois, et, tournant sur elle-
même, imprima au navire une terrible secousse.
L'*Alexandre* était dégagé, mais son gouvernail était
arraché, l'étambot était fendu et les chevilles, qui
liaient le bordage à la membrure, ressortaient d'un
pouce au moins, tant la pression de la banquise
avait été forte.

On pompa. La pompe ne donna pas d'eau. C'était
toujours un grand souci de moins. Mais, si en se

débarrassant de cette glace, le danger particulier qu'elle faisait courir était conjuré, la situation générale ne s'était guère modifiée. La banquise, sous la tempête de sud-ouest qu'il faisait, se disloquait de plus en plus et des clairières se formaient. On voyait la mer briser sur les grosses glaces comme sur des rochers, et le navire, immobile pour ainsi dire depuis son entrée dans la banquise, avait des velléités de roulis. D'un autre côté, il dérivait de plus en plus vers les Cornes-du-Diable, et plus il en approchait, plus les mouvements de roulis s'accentuaient.

La nuit venait et s'annonçait sans étoiles. L'équipage avait conscience du danger. Il regardait fréquemment du côté de Groix et des terribles écueils jumeaux sur lesquels les glaces s'étaient amoncelées et où elles roulaient dans un effroyable chaos, s'abordant les unes les autres, ou chavirant avec un bruit qui ressemblait aux détonations fréquentes et lointaines du canon.

Le souper fut vite mangé, et, à peine les cuillers de bois cessèrent-elles de se faire entendre sur les gamelles et le dernier quart de vin fût-il avalé que tout l'équipage fut appelé à la manœuvre. Il s'agissait encore d'amarrer, manœuvre fréquente dans les positions analogues, l'*Alexandre* à un énorme plateau de glace qui ne roulait pas autant que les autres, en raison de son étendue et de son tirant d'eau. Ce plateau avait sur le côté une échancrure dans laquelle le navire pouvait se mettre à l'abri, comme dans un bassin. C'est là que M. Desbarres voulait faire entrer l'*Alexandre* et l'y amarrer. L'idée était bonne, d'autant plus que si le courant continuait à porter le navire sur les Cornes-du-Diable, le glaçon s'échouerait sur les hauts fonds bien avant le navire.

Cette manœuvre prit une heure et l'on put se croire momentanément tranquille. Les dispositions furent prises pour les quarts de nuit comme les soirs précédents. Mais personne de ceux qui n'étaient pas de veillées ne songeait à dormir.

M. Desbarres invita à voix basse le second à le suivre dans la chambre.

— Je ne vous cacherai pas, mon cher Legal, lui dit-il, que notre position devient de plus en plus critique.

— Le plateau de glace auquel nous sommes amarrés, nous protège bien, cependant, répondit le second.

— Pas autant que je l'espérais, et il peut même devenir un danger de plus pour nous.

— Comment cela, monsieur.

Il est creux au centre. Les rayons du soleil réunis en faisceau ont traversé la croûte supérieure de la glace sans la fondre, et la chaleur en s'accumulant en dessous en a fondu les couches inférieures jusqu'à une certaine profondeur. Là, existe une véritable citerne d'eau douce qui enlève à la glace beaucoup de sa solidité. Il y a donc lieu de craindre qu'au premier roulis un peu fort, cette glace se rompe en deux et que le navire ne soit brisé.

— Mais alors, éloignons-nous bien vite, dit le second. N'attendons pas que cette catastrophe se produise.

— Ce n'est qu'une éventualité qui peut bien ne

pas se réaliser, répondit M. Desbarres. Ce qui n'en est pas une, c'est la certitude où nous sommes d'être jetés sur les Cornes-du-Diable. Il vaut donc mieux courir la première. En restant comme nous sommes, nous avons du moins la possibilité de nous réfugier sur les glaces en cas de malheur, ce que nous n'aurions pas si nous étions entraînés dans le chaos dont nous entendons le bruit. — Et, en effet, on entendait fort bien du côté des écueils un bruit terrible qui ressemblait à celui d'une cataracte ou d'un torrent qui se jette dans un gouffre. — Si nous sommes conduits à cette extrémité, il faut que ceux qui échapperont au naufrage trouvent au moins quelque chose à se mettre sous la dent en attendant que l'on vienne à leur secours. Nous allons donc remplir de biscuit des sacs et des barils sans que l'équipage en ait connaissance, car, s'il savait ces préparatifs, cela lui ôterait de sa force morale dont il a grand besoin. Nous tiendrons les sacs prêts à être jetés sur la banquise, si nous y sommes forcés.

— Vous avez raison, capitaine, répondit M. Legal, frappé du sang-froid et de la prévoyance de M. Desbarres.

— Mais vous ne pouvez pas faire ce travail seul, mon cher. Le maître cambusier est un homme énergique et discret, et le mousse de la chambre, le petit Gallais, qui, quoique encore un enfant, vaut un homme pour la fermeté et le courage, vous aideront. Faites-les venir. Moi, je resterai à cette place où l'on me trouvera si on a quelque chose de grave à me communiquer, et je crois que ça ne tardera pas.

Le second s'empressa d'exécuter les ordres de M. Desbarres. Aidé du maître de cambuse et de Paul Gallais, il eut bientôt rempli une demi-douzaine de sacs de biscuit qu'on prenait dans une soute placée sous le plancher de la chambre. Ces sacs, entassés dans un coin, furent couverts d'un lambeau de vieille voile pour les dérober aux regards.

Cependant, la tempête redoublait de violence. Le vent se brisait dans les cordages avec des sifflements aigus, et la nuit était noire comme de l'encre. Le plateau de glace tremblait sur sa base et faisait entendre des craquements de sinistre augure.....

IX. — Hors de la banquise.

On attendait le jour avec impatience, à bord du navire. On était anxieux : où se trouvait le navire? allait-il se briser sur les Cornes-du-Diable? ou les avait-il évitées?

Enfin, une lueur d'un rouge-foncé d'abord, suivi bientôt d'une clarté plus vive, empourpra l'horizon du côté du levant, puis le soleil se montra, projetant au loin ses premiers rayons. Le spectacle qu'il éclaira avait bien changé depuis la veille. On ne voyait plus de la banquise que de grands bancs de glace, et, entre eux, la mer libre. L'*Alexandre* avait évité les écueils, objets de tant d'alarme, et il fallait les regards expérimentés d'un marin pour les deviner à plusieurs milles en arrière. Il fallait songer actuellement à sortir tout à fait d'entre les glaces flottantes et à gagner la mer libre. Ce n'était pas facile à un bâtiment privé de son gouvernail et l'*Alexandre* poussé sur les glaçons s'y fut probablement défoncé, malgré sa solidité, si le prévoyant M. Desbarres n'avait fait faire, pendant qu'on était encore dans la banquise, un gouvernail de fortune, qui, mis en place aussitôt que l'état de la mer l'avait permis, remplaça celui qu'on avait perdu. Grâce à lui, le navire put éviter les chocs les plus dangereux et gagner la lisière.

Il ventait toujours en tempête et le navire roulait et tanguait furieusement. Il n'évitait pas non plus tous les coups de mer, mais que l'équipage était heureux et se sentait soulagé de n'être plus enserré dans la terrible banquise, et comme les mouvements de l'*Alexandre* lui semblaient doux quelque désordonnés qu'ils fussent, auprès des sinistres grincements des glaces sur les flancs dépeints et dépouillés de brai du navire.

Lorsque le soleil, le jour suivant, éclaira de ses premiers rayons les côtes de Terre-Neuve, le navire qui avait fait petite voile toute la nuit, sans rencontrer de glaces, se trouvait à l'entrée du Morne-Rouge, son havre de pêche. Ce havre était formé par un gros morne qui s'avançait dans la mer en décrivant une courbe. Il était couvert d'une bruyère épaisse dont la fleur rouge, en été, lui avait valu son nom. En face du morne, de l'autre côté du havre, s'avançait comme au devant de lui, une pointe basse bordée de rochers aigus, avec un relèvement subit du sol à une centaine de pas de son extrémité, ce qui donnait à cette pointe quelque ressemblance

avec le museau pointu et le front bombé du renard.
Les pêcheurs avaient bien saisi cette ressemblance,
et ils avaient donné à cette pointe le nom de
« Museau-du-Renard ».

La mer était calme, l'*Alexandre* ne roulait pas plus
que s'il eût été dans un bassin, et toutes les voiles
au vent, il s'avançait gracieusement. L'équipage un
peu bruyant et de bonne humeur, se démenait sur le
pont et dans la mâture, avec entrain, au moindre
commandement. La gaieté et le contentement s'épa-
nouissaient sur tous les visages. M. Desbarres n'a-
vait plus cet air soucieux ni cette préoccupation qui
avaient assombri ses traits du jour où on avait
aperçu la banquise, et sa bonne humeur communica-
tive excitait celle des autres.

Paul Gallais, tout en allant et venant, dévorait des
regards la côte qui se déroulait sous ses yeux, et
lorsque, par les vallées, il apercevait le flanc des
collines couvert de la verdure printanière des bouleaux et des aulnes au milieu des sapinières aux
aiguilles foncées, un soupir de contentement soulevait sa poitrine. Cette vue lui rappelait celle des
bois de son pays et il aurait voulu déjà courir sous
la ramure, comme il faisait au printemps dans les
environs de Cancale, à la recherche des nids et des
hannetons.

X. — Terre-Neuve. Le Morne-Rouge.

Vers neuf heures du matin, par un beau soleil, un
ciel bleu et une brise légère, l'*Alexandre* entrait fiè-

rement, toutes voiles dehors, dans son havre de pêche. Il contournait le Morne-Rouge tout près de terre, car l'accare est profond généralement à Terre-Neuve. Tout à coup un hurrah formidable partit en dedans de la pointe et vint attirer l'attention de l'équipage du brick. A mesure que le navire avançait au fond d'une petite crique, qu'on eût dit taillée dans les rochers par la main des hommes, tant elle était régulière de forme, apparaissaient, défilant comme un panorama, tous les bâtiments d'exploitation d'une pêcherie.

D'abord ce fut le chaufaud (1), suivant l'expression familière aux pêcheurs pour désigner la construction où est préparée et salée la morue qui vient d'être prise et qu'apportent incessamment de grands bateaux pointus des deux bouts et montés de trois hommes.

Le chaufaud se compose d'une vaste et épaisse plate-forme faite de troncs de sapins cloués les uns aux autres. L'une des extrémités de cette plate-forme repose sur les rochers, tandis que l'autre s'avance au-dessus des flots sur des poutres transversales soutenues par des pilotis enfoncés dans la vase ou appuyés sur les roches du fond. Autour du chaufaud existe une cloison à hauteur d'homme faite de troncs de sapin, dont les interstices sont bouchés avec de la mousse. Il est couvert, dans sa partie centrale, d'une grosse toile à voile, étendue sur une poutre

(1) Chaufand, expression tirée probablement d'échaffaudage, est le nom sous equel les marins, qui font la pêche de la morue, désignent cette bizarre construction.

de faîte et roidie au moyen de cordes passées dans des œillets ouverts dans la toile de distance en distance. L'avant et l'arrière du chaufaud sont couverts de ramures de sapins superposées, l'extrémité de la branche en bas pour laisser l'eau glisser plus facilement. Cette couverture rustique donne à l'ensemble de cette espèce de tente quelque chose de pittoresque.

La partie du chaufaud qui avance le plus dans la mer, s'appelle la poissonnerie, c'est dans cette partie qu'est jetée la morue dès que les bateaux de pêche arrivent. Après la poissonnerie sont rangés les étaux en ligne transversale, coupée d'un passage au milieu. Puis, c'est le parc au sel qui forme un énorme tas, carré au centre, et enfin, la salerie, où la morue débarrassée de sa tête, de ses intestins, du foie et d'une partie de l'arête dorsale, est étendue à plat, la chair en dessus et recouverte de sel. Au-dessus d'une première couche, on en établit une deuxième, et ainsi de suite jusqu'à ce que la pile ait atteint une hauteur de 80 centimètres environ, sur une longueur variable de huit à dix mètres, c'est-à-dire prenant toute la largeur du bâtiment.

Après le chaufaud, qu'on aperçoit tout d'abord et qui domine par ses dimensions toutes les autres constructions, sont éparpillés, le plus souvent, sans plan régulier, des cabanes en bois brut, des logements en planches peintes ou non, ou de simples hangars de branchage ; puis le *cajot*, espèce de cuve où les douves sont remplacées par un grillage garni de treillis, et dans laquelle on jette les foies de

morue qui produisent l'huile par leur macération au
grand air. Puis, c'est la tonnellerie, reconnaissable
à la grande quantité de barriques et de boucauts qui
en encombrent le pourtour, la *coq-house*, où le cuisinier de l'équipage fait sa *tambouille*, le logement
des maitres de pêche, et enfin, l'habitation propre-
ment dite, c'est-à-dire la cabane la plus grande, la
plus propre, la plus aristocratique d'apparence, qui
sert de salle à manger, de magasins aux vivres et à
la boisson, de cuisine et dans laquelle se trouvent
ordinairement les cabines du capitaine, du second, du
médecin avec son cabinet de consultation, etc., etc.
Et pour bien indiquer que c'est là le logement de
l'état-major, un grand mât se dresse au milieu, à la
tête duquel flotte le pavillon national.

Sur un terrain en pente, approprié à cet effet,
une dizaine de grands bateaux avaient été hallés
l'année précédente lors du retour en France, pour
les mettre hors de l'atteinte de la mer pendant l'hiver. En ce moment, une bordée de calfats leur enfonçait à grands coups de maillets, de l'étoupe entre
les bordages et dans les jointures pour les mettre en
état de tenir la mer. Une grande chaudière remplie
de brai était suspendue sur le feu au moyen d'une
installation des plus rudimentaires, et deux navires
attentifs surveillaient le feu pour empêcher le brai
de s'enflammer.

Enfin, au milieu de ces cabanes, de ces constructions diverses, de ces bateaux, une centaine d'hommes allant et venant fiévreusement, les uns roulant
une barrique, les autres portant des poutres, des

planches, un fardeau quelconque ; on voyait jusqu'à
des scieurs-de-long, qui débitaient un énorme sapin.
Paul Gallais voyait tout cela se dérouler à ses yeux
émerveillés. Un peu plus, et il se serait cru à la
porte Saint-Vincent à Saint-Malo. N'eussent été le
chaufaud et les cabanes jetées çà et là sur le bord du
rivage et comme tombées du ciel, cela eut assez res-
semblé à un de ces chantiers de construction qu'on
aperçoit sur les bords de la Rance.

Cette habitation, qui faisait face à celle du Museau-
du-Renard, appartenait au navire mâlouin le *Saint-
Joseph*. Le hurrah joyeux, qui avait salué l'entrée de
l'*Alexandre*, avait été poussé par son équipage.
Depuis huit jours, le bruit courait du Quipon au
Cap-Rouge, de la perte, corps et biens, du malheureux navire. Aussi la joie de tous ces braves pêcheurs
avait-elle été grande quand ils l'avaient aperçu tout
à coup doubler le Morne-Rouge, un peu éclopé, à la
vérité, mais existant encore. Les marins de l'*Alexandre*, en gens bien élevés, répondirent au cri qui
saluait leur heureuse arrivée par un hurrah non
moins cordial et en agitant leurs chapeaux.

Après l'habitation du *Saint-Joseph*, ce fut celle de
la Brousse, puis les Gruaux et ainsi de suite, au
nombre de cinq ou six, et, partout ce furent de
joyeux hurrahs de bienvenue, auxquels répondait
l'*Alexandre*, jusqu'au moment où il laissa tomber
l'ancre.

A midi, le brick qui venait d'être si éprouvé était
tranquillement ancré au fond d'un havre encaissé de
hautes collines boisées et où l'onde était immobile

comme dans le bassin d'un parc. Ses voiles étaient
déverguées et ramassées dans la cale, les mâts
étaient amenés, les manœuvres dépassées et toutes
ses embarcations mises à l'eau. En un mot, il prenait l'aspect d'un navire désarmé, celui qu'il avait
quand, amarré le bout au quai à Saint-Malo, au
retour de Terre-Neuve, il attendait le printemps suivant pour réarmer et retourner à la pêche.

Après avoir donné ses ordres, M. Desbarres se fit
porter à terre. Il avait hâte de voir dans quel état se
trouvait son habitation du Museau-du-Renard et si
l'hiver n'y avait pas causé trop de dégâts.

Pendant le reste de la journée ce fut un véritable
tohu bohu à bord de l'*Alexandre*. On achevait le
dégréement, on ouvrait la cale et l'on disposait les
ustensiles de pêche pour les porter à terre.

Entre temps, les marins qui avaient un instant à
eux, ramassaient dans leurs coffres ce qui leur appartenait, dépendaient leur hamac et se préparaient
à quitter le bord pour aller habiter le chaufaud dès
qu'il serait remis en état par les *chaufaudiers*, c'est-à-
dire par des hommes plus ou moins bons charpen-
tiers, mais sachant tous se servir de la hache, de
l'herminette et du marteau.

Paul Gallais, lui, s'occupait d'emballer la vaisselle
de la chambre, de serrer dans des caisses pour les
emporter à l'habitation, les conserves fines, les
épices, les vins de choix, les liqueurs, etc., tout ce
qui, en un mot, méritait des soins particuliers. Il
était bien occupé, le petit mousse, et le désir de
bien s'acquitter de sa mission remplissait son esprit.

Cela ne l'empêchait pas de regarder les collines qui formaient le fond du havre du Morne-Rouge et en feraient un tableau des plus pittoresques, de glisser ses regards par les vallées ombreuses qui les séparaient, de suivre des yeux les ruisseaux, quelquefois torrentueux, qui apportaient leurs eaux à la mer. Il prêtait l'oreille aux chants, plutôt criards que mélodieux, d'oiseaux qui lui étaient inconnus. Il n'apercevait, du reste, aucun des volatiles qui les poussaient, cachés qu'ils étaient dans le feuillage épais des sapins. La brise lui apportait une senteur de térébenthine, adoucie et presque balsanique; il la respirait avec délices. Il aurait bien voulu courir dans ces beaux bois et voir de près ces oiseaux qu'il ne pouvait apercevoir que par traits rapides et vol brisé.

Une escouade d'une vingtaine d'hommes, sous le commandement du lieutenant et du médecin, devait être envoyée au fond de la baie pour couper le bois nécessaire aux réparations de l'habitation. Paul Gallais en faisait partie. Il devait faire la cuisine des deux officiers, ce qui n'était pas au-dessus de ses connaissances, mesurer les rations et les distribuer aux hommes, et garder les provisions pour qu'on ne les volât pas. C'était une mission de confiance comme on voit, que lui valaient sa fermeté et sa bonne tenue vis-à-vis des matelots. Le petit mousse était enchanté qu'on l'eût choisi. Il fit ses préparatifs pour être prêt au premier appel, c'est-à-dire qu'il roula matelas, couverture, oreiller, y fourra quel-

ques vêtements de rechange et emballa le tout dans
son hamac.

Le capitaine Desbarres revint dans la soirée du
Museau-du-Renard. après s'être assuré par une inspection sommaire de l'état des lieux. Des inconnus
avaient visité l'habitation pendant la saison d'hiver.
Il trouva des traces qui ne laissaient pas de doute à
cet égard. Mais il ne s'aperçut pas de la soustraction
d'objets de quelqu'importance. Les bateaux, hallés
sur une hauteur en talus, n'avaient pas beaucoup
souffert; de même pour les cabanes, les magasins et
le chaufaud lui-même. Le tout était facilement répa-
rable. En somme, M. Desbarres était revenu satisfait de son inspection.

Si le proverbe « Times is money » (1) est cher
aux Anglais et pris pour une vérité un peu partout,
c'est surtout à Terre-Neuve que les Français le
mettent le plus en pratique. Le temps donné au
sommeil et aux repas est parcimonieusement mesuré
et les nuits de cinq heures sont des nuits longues.
On se couche tard et on se lève tôt, contrairement à
l'habitude du bon roi d'Yvetot.

A trois heures du matin, le lendemain de l'arrivée,
tout l'équipage de l'*Alexandre* était déjà debout. Les
escouades furent appelées. La première qui quitta le
bord, fut celle des calfats. Il fallait, en effet, mettre
le plus tôt possible tous les bateaux de pêche en état.
Elle s'éloigna dans la chaloupe. La seconde escouade,
celle dont faisait partie Paul Gallais, se dirigea dans

---

(1) « Times is money ». Le temps c'est l'argent, proverbe anglais.

deux canots vers le fond de la baie. Elle emportait des voiles pour faire des tentes, car on devait camper dans les bois, des vivres, des ustensiles de cuisine, et tous les hommes avaient leur literie. Comme outil et instrument de travail, chacun emportait sa hache. Le médecin n'oublia pas sa trousse et une boîte de médicaments.

Le reste de l'équipage fut divisé par bordées. Les unes eurent pour mission de gazonner le plancher du chaufaud pour y déposer le sel, les autres de réparer le chaufaud pour venir l'habiter et y suspendre les hamacs; seulement, le bois manquait. S'en procurer, était le plus pressé. Enfin, chaque escouade ou bordée eut son travail réglé et déterminé.

L'activité gagnait tout le monde. M. Desbarres donnait l'exemple ; lui, ordinairement si compassé et si méthodique, se démenait comme un jeune homme, expédiant chaque escouade à sa destination, n'oubliant rien, prévoyant tout, appelant les retardataires par leur nom, les stimulant et leur donnant l'exemple de l'activité.

XI. — Le bois.

Enfin, les deux canots doublèrent une pointe qui coupait à angle droit le fond de la baie, et l'on s'aperçut alors qu'il était bien plus enfoncé dans les terres qu'on ne l'avait supposé. Les collines qui le bordaient et dont la base s'enfonçait presque perpendiculairement dans l'eau, étaient couvertes d'une épaisse végétation. Sur leurs pentes poussait une

4

véritable forêt de sapins, jeunes et vigoureux, des mélèzes, des bouleaux, des aulnes, et, à leur sommet, des genévriers rampaient sur un épais tapis de mousse.

Dans les espaces découverts végétait une flore compacte de petits arbustes gracieux, au feuillage foncé et brillant, rappelant le myrte, et qui, au dire des pêcheurs, produisent, à l'automne, de petits fruits légèrement acides et d'un goût agréable. Des oiseaux, au chant criard, comme ceux entendus la veille, voletaient d'arbre en arbre, de colline en colline, traversaient des clairières d'un beau vert tendre, ou même la baie d'un vol droit et rapide. Ils ne paraissaient pas effarouchés par la présence des hommes, qui ne manquaient jamais de leur donner un nom. C'est un merle, disait l'un en voyant passer un oiseau au plumage noir, un geai, lorsqu'il était gris. Quand c'était un volatile au plumage brunâtre, de la grosseur d'une tourterelle perchée à la cime d'un sapin ou se dissimulant dans la ramure, faisant entendre un rythme aigu, très vite, et, à plusieurs reprises, ces deux mots : *Cours vite, cours vite,* le marin l'interpellait en lui montrant le poing :

— Te voilà encore, maudit, cours vite, tu n'es donc pas mort ?

Et de fait, ces deux mots « cours vite » répétés rapidement plusieurs fois de suite, sur un ton de fausset, rendent assez bien le chant que cet oiseau fait entendre, le matin bien avant l'aurore, paraissant appeler les hommes au travail, puis tout le jour dans la forêt comme pour les narguer, eux qui ne sont jamais pressés. Aussi, n'aiment-ils point ce bavard, qui donne le signal du lever avant l'aube, et qui, toute la journée, semble les exciter à travailler plus vite.

Cependant, les deux embarcations continuaient à s'enfoncer dans le havre, dérangeant, dans leur course, de nombreux oiseaux aquatiques, canards, sarcelles, poules d'eau, bexies, plongeons, etc., qui, trop paresseux pour prendre leur vol, se contentaient de plonger lorsque l'embarcation s'avançait vers eux, et se montraient de nouveau à vingt mètres en arrière, le danger était passé.

Le paysage était délicieux, et Paul Gallais n'y était pas insensible.

Les deux chefs de l'escouade n'étaient pas indifférents non plus à ce spectacle; mais ils avaient leur mission à remplir et ils étaient bien plus occupés à examiner les collines, les replis du terrain et les vallées pour découvrir les arbres de l'espèce et de la dimension nécessaires aux travaux de l'habitation qu'à admirer le passage. A la fin, ils remarquèrent sur la droite, entre deux hauteurs, une vallée plus large, au milieu de laquelle serpentait un large brya (un ruisseau). Des deux côtés de ce brya le terrain s'élevait en pente douce et était couvert de jeunes et vigoureux sapins de toutes dimensions. Les deux chefs de l'escouade se décidèrent à ne pas pousser plus loin leur exploration.. On choisit un endroit commode pour accoster et tout le monde sauta sur les rochers qui bordaient la rive. A petite distance se trouvait un terrain plat, couvert de mousse et de

quelques arbustes, très convenable pour dresser
deux tentes, l'une pour les deux officiers, le mousse
et les vivres; l'autre, plus vaste, pour les hommes
de l'escouade. En moins de deux heures les deux
tentes furent installées et les matelas étendus sur
une couche épaisse de ramure de sapin. Tout ce
qu'avaient apporté les canots pour l'usage de l'escouade fut emmagasiné à l'abri du mauvais temps,
qui se déclare souvent subitement à Terre-Neuve.
Paul Gallais distribua les rations, et, pendant que
les mousses brisaient le biscuit à coups de maillet, le
coq dressa des montants pour pendre sa chaudière
et faire « la turlutine » panade de biscuit et d'eau,
assaisonnée de sel et d'un peu de beurre.

Paul Gallais mit en réquisition deux hommes pour
lui faire une installation semblable et prépara une
turlutine un peu plus raffinée pour les deux officiers
et lui. Pendant que les panades cuisaient en répan-
dant une odeur qui n'était pas désagréable pour des
gens affamés par un voyage matinal, et une installation laborieuse, on achevait les arrangements propres
à rendre le campement aussi confortable que possible. La grande préoccupation des hommes était de se
préserver des moustiques si abondants que l'air en
est obscurci parfois. La piqûre de ces insectes est si
venimeuse qu'elle occasionne souvent des enflures
telles qu'on est forcé de renvoyer leurs victimes,
complètement défigurées et méconnaissables, à l'habitation où les moustiques ne se montrent pas en
aussi grand nombre, à cause de l'air plus vif et de la
proximité de la mer.

Les hommes de l'escouade s'imaginèrent donc à garnir le bas des tentes de bourrées et de mousse pour empêcher la terrible engeance d'y pénétrer. Mais le meilleur moyen pour l'éloigner est encore la fumée de tabac. Aussi, quand on part pour le bois, chacun emporte-t-il sa pipe et une bonne provision de tabac pour l'alimenter.

La turlutine mangée, les hommes s'enfonçaient dans la forêt, chacun sa hache sur l'épaule. Paul Gallais et le coq seuls restèrent à la garde des tentes.

On ne tarda pas à trouver un bouquet de jeunes et beaux sapins, qui, bientôt, tombèrent sous la hache. C'était pitié de voir abattre ces beaux arbres si vivants et si verdoyants, mais nécessité fait loi. Ces arbres furent émondés au ras du tronc. Les rameaux réunis en fardeaux et liés avec des branches de bouleau tordues, furent portées par les mousses et les novices au campement. Les hommes se chargèrent d'y porter, sur leurs épaules, les troncs dénudés. Dès le soir, il y avait une assez forte quantité de bourrées et de poutres sur le bord de la baie, prêtes à être embarquées pour l'habitation.

Le lendemain, à peine l'aube s'annonçait-elle que les cris : Guérope! guérope!... poussés par les officiers, réveillaient l'escouade et appelaient les hommes au travail. En un instant tout le monde fut debout. On donnait à chacun un boujaron d'eau-de-vie, et prenait qui voulait un morceau de biscuit dans un sac ouvert à tout venant. On partait ensuite pour la forêt, où on se livrait au même travail que la veille.

A midi, le lieutenant embouchait une conque, un de ces gros coquillages dont nous avons parlé, et appelait tout le monde à la turlutine, c'est-à-dire à la soupe. Dîner et souper se composaient invariablement de turlutine, aliment très sain, d'ailleurs, et très nourrissant. Mais, le dimanche, on faisait une soupe au lard et aux pois, et chaque homme recevait un quart de vin en place de son quart de cidre ordinaire.

Les jours de soupe au lard les hommes rapportaient de la forêt des légumes, ou plutôt des herbes qu'ils décoraient du nom d'oseille, de céleri, d'asperges, de chicorée, etc., et qui n'avaient de commun avec ceux que nous connaissons que le nom qu'on leur donnât. Peut-être bien, dans ces produits sauvages, aurait-on pu reconnaître, cependant, les espèces améliorées par la culture que nous apprécions en France.

Tel était l'ordinaire des hommes de l'escouade, on voit qu'il n'était ni varié, ni raffiné. Paul Gallais ajouta un plat de plus à celui des officiers; voici comment :

Il était chargé de la garde des vivres et que, pendant que les autres étaient au bois, il restait au campement, inoccupé. Il ne savait que faire de ses loisirs, et lorsque la préparation de la turlutine et le mesurage des rations ne les remplissaient pas, il passait le temps à voir voler les oiseaux dans les arbres, à écouter leurs chants, à surprendre leurs secrets, ou bien il suivait le bord de l'eau sur la bande rocheuse du rivage. A travers l'eau d'une limpidité de cristal, il aperçut, un jour, de gros crabes qui se promenaient sur les roches du fond, et, parmi ces crustacés, il crut reconnaître des homards. Malheureusement, il n'avait aucun engin pour les prendre et ils étaient hors de la portée de la main. Paul Gallais aurait bien voulu en pêcher pourtant, et il se creusait la cervelle pour trouver un moyen, lorsque ses regards tombèrent sur de longues perches rapportées de la forêt pour les besoins de l'habitation. Il en choisit une des plus longues, mince et droite en même temps. Il en coupa la partie la plus flexible et appointa le bout qu'il passa dans la flamme pour durcir le bois. Il se plaça ensuite aux guets sur une petite pointe de rocher qui débordait, et ne tarda pas à voir des crustacés de différentes espèces qui semblaient dormir ou se mouvaient lentement sur le fond. Se servant de sa perche pointue, comme d'une fouine, il parvint, après plusieurs essais infructueux, à transpercer un crabe, puis deux, puis trois, et enfin, un gros homard pesant bien deux kilogrammes. Jamais le petit mousse n'en avait vu d'aussi beau. Tout fier de sa capture, et de causer une surprise agréable au médecin et au lieutenant, il fit cuire deux crabes et le homard. Il les laissa refroidir au grand air et les cacha.

Vers quatre heures, un canot vint du Museau-du-Renard s'enquérir du bois et de la rame faits. Il apportait en même temps quelques victuailles et d'excellent pain frais, le four de l'habitation n'ayant pas eu besoin de réparations.

L'arrivée de ce canot était prévue et Paul Gallais,

qui avait reçu des instructions en prévision de cette visite, répondit qu'en bois et en rame il y avait plus que le chargement d'un des grands bateaux. Le canot retourna au Museau-du-Renard, emportant deux hommes affreusement piqués par les moustiques et dont la figure ne présentait plus qu'une masse informe, laissant à peine apercevoir les traits.

Après avoir mangé la turlutine, les hommes de l'escouade reçurent un pain frais par gamelle, c'est-à-dire par groupe de huit. Ce fut un régal pour eux.

— Voilà de bien bon pain, s'écria le médecin. Seulement, il faudrait quelque chose de plus que du beurre salé pour manger avec.

Paul Gallais présenta alors la gamelle contenant le homard et les crabes.

— Tiens! qu'est-ce que cela? demanda le lieutenant en soulevant le homard devenu d'un beau rouge par la cuisson.

— C'est ma pêche, répondit le petit mousse avec un grain de fierté.

— Vraiment! exclama le médecin. Eh! ça se trouve à merveille, car j'ai une faim de loup.

— Nous ferons quelque chose de Gallais, ajouta le lieutenant. C'est un petit avisé.

Les crabes et le homard furent trouvés excellents, cuits et salés à point.

— Paul, fais-nous du thé, dit le médecin, toute la soirée en sera. D'ailleurs, la rocaille est de digestion difficile et une bonne tasse de thé ne peut que l'aider.

Une demi-heure après, les deux officiers et le petit

mousse savouraient une tasse d'une infusion de la feuille d'un arbuste indigène, au parfum aromatique. Les pêcheurs s'en servent en place de thé. Bien sucrée et rehaussée d'une certaine quantité de bon tafia, cette infusion est une boisson agréable.

— Ainsi, il viendra demain un bateau chercher du bois et de la rame? demanda le lieutenant à Paul Gallais.

— Oui, lieutenant. J'ai dit au patron, comme vous me l'aviez recommandé, qu'il y avait à prendre plus que le chargement d'un grand bateau, répondit le petit mousse.

— C'est bien. M. Desbarres sera content.

— Oui. Mais ce qui ne va pas lui faire plaisir, dit le médecin, c'est que je vais encore renvoyer deux ou trois hommes à l'habitation.

— Encore! qu'ont-ils donc ceux-là? demanda le lieutenant.

— Les moustiques, toujours ces endiablés insectes, répondit le médecin. J'avais bien recommandé, cependant, aux hommes de ne pas s'avancer dans la forêt, et de se lotionner avec de l'eau sédative dès qu'ils se sentaient piqués. Mais, c'est comme si on parlait à des sourds.

— Comment se fait-il que quelques-uns soient si affreusement piqués, quand la majeure partie n'a rien.

— Ah! c'est qu'ils auront été manger une soupe à l'herbe (dormir un somme à l'ombre, couchés sur l'herbe ou la mousse).

— C'est çà. Je vais les noter dans ma mémoire et j'aurai l'œil sur eux.

Paul Gallais avait déjà senti quelques piqûres de moustiques et les démangeaisons douloureuses qu'elles occasionnent. Il avait vu les deux hommes renvoyés au Museau-du-Renard par le canot. Mais, quand il aperçut la face des nouveaux éclopés, il fut réellement épouvanté : elle était hideuse. Aussi s'empressa-t-il de se lotionner avec de l'eau sédative la figure et le cou, jusqu'au-dessus des mains, ce qui est un remède préventif et curatif à la fois; l'odeur de l'ammoniac et du camphre éloignant les terribles insectes.

— Mon cher, nous ferons bien de fermer notre tente hermétiquement, dit au lieutenant le médecin en revenant de voir les éclopés, et d'allumer nos pipes, il y a sous bois des milliards de milliards de moustiques et de maringouins, il y en a de gros et de microscopiques avec toutes les grosseurs intermédiaires. Il y en a de noirs, de gris, de blancs. Il ne faut pas que ces engeances pénètrent dans notre tente ou demain nous serons comme les malades que je renvoie à l'habitation. Nous allons donc nous enfermer du mieux possible et fumer à pleines pipes, la fumée de tabac chassera les moustiques de la tente, s'il y en a, et empêchera celles du dehors d'entrer.

— Et les hommes de la grande tente? s'informa le lieutenant.

— Ils sont en train de faire ce que je dis, répondit le major.

Les deux officiers et Paul Gallais fermèrent la

tente. Ils se lotionnèrent la figure avec de l'eau sédative. Les deux premiers allumèrent ensuite leurs
pipes et bientôt la tente fut remplie d'une épaisse
fumée de tabac. Non content de cela, le lieutenant
alluma un bout de corde goudronné et le suspendit à
un bâton. Il répandit bientôt une fumée âcre, qui
prenait à la gorge. Grâce à ces mesures, ils purent
dormir tranquilles jusqu'au jour. Les moustiques ne
les importunèrent pas.

Ce fut le bruit cadencé des avirons qui les réveilla.
Le bateau envoyé du Museau-du-Renard pour prendre le bois arrivait monté par trois hommes. Il vint
se placer le long des rochers aussi accores qu'un
mur de quai.

—Guérope! guérope!…. cria le lieutenant, le signal
habituel du réveil. Les hommes furent bien vite sur
pieds, et, après avoir bu l'inévitable boujaron d'eau-
de-vie et cassé une croûte, ils se mirent à charger le
bateau.

Pendant que le travail se faisait, Paul Gallais avait
pêché avec sa fouine un superbe homard, l'avait enveloppé de mousse et de menues branches de sapin,
et avait donné le paquet au maître du bateau, avec
recommandation de le remettre au maître d'hôtel
aussitôt arrivé à l'habitation.

M. Desbarres avait fait dire de pousser activement
la provision de bois de construction et de rame, l'escouade pouvant être rappelée d'un jour à l'autre par
l'apparition dans les environs du Morne-Rouge de la
morue déjà signalée au Quipon, et qui descend du
Nord, au printemps, par quantités énormes. La

veille, des bateaux de pêche envoyés à la découverte, étaient revenus, le soir, rapportant quelques-uns de ces poissons.

Le lieutenant se mit à la tête des hommes chargés d'aller couper le bois et de l'apporter au rivage, et le médecin resta à la garde du campement pendant que Paul Gallais, avec les mousses, allaient couper de la rame et en faire des hourrées.

Le petit mousse et sa bordée suivirent d'abord les hommes sous bois, mais comme les sapins que ceux-ci abattaient n'avaient pas beaucoup de branches, ils s'en éloignèrent pour se rapprocher d'un coteau plus frais et plus verdoyant, dont la végétation forestière plus épaisse annonçait ce qu'ils cherchaient.

XII. — Les moustiques.

La matinée était splendide. Un frais vent de nord avait emporté les moustiques ou bien les faisait se cacher dans les aiguilles des conifères. Un soleil radieux perçait les branches de sapins et criblaient de belles taches jaunes le tapis de mousse verte, où apparaissaient çà et là quelques fleurs printanières. Une senteur de térébenthine embaumait l'air. Des oiseaux animaient la solitude de leur vol capricieux et de leurs cris.

Paul Gallais et sa troupe s'avançaient joyeusement, mais sans bruit, chacun portait sa hache sur l'épaule avec une certaine crânerie. Ils parlaient peu : les grandes solitudes ont le don d'imposer le silence. C'était pour la petite escouade de mousses une véritable promenade en pleine liberté, car l'autorité de celui qui la commandait ne se faisait pas beaucoup sentir. Elle côtoyait toujours la colline boisée sur laquelle on entendait les coups de hache des hommes de la principale bordée. Elle avait à sa gauche une longue prairie, dont l'herbe assez haute ondulait à la brise. Un large brya coulait au milieu, ombragé de peupliers nains, d'aulnes, de saules et de bouleaux.

Le loustic de la bande, un novice dont c'était le troisième voyage à Terre-Neuve, aurait bien voulu prendre de l'empire sur Paul Gallais, mais celui-ci ne se laissait point influencer par ses rodomontades et ses conseils. Alors il chercha à l'effrayer ainsi que ses compagnons, par des récits qui faisaient plus honneur à son imagination qu'à la vérité. Tantôt c'était un ours noir ou brun que des hommes envoyés en mission quelconque, avaient rencontré dans la forêt, tantôt un caribout ou un cerf plus grand qu'un cheval, avec des perches qui n'en finissaient pas; ou bien, ce qui était encore plus terrible, un sauvage à la peau rouge comme du sang, au visage farouche et bariolé de bleu, de jaune, de blanc, de noir, etc., la tête couverte d'une toque de plumes des mêmes couleurs, portant d'une main un arc et des flèches, à la pointe acérée, de l'autre une longue lance pointue, et à la ceinture, une douzaine de chevelures arrachées aux ennemis tombés sous ses coups. Cette apparition soudaine leur avait barré le chemin et les avait forcés de reculer.

Les mousses de Paul Gallais et lui-même, écoutaient ces histoires les oreilles toutes grandes ou-

'vertes; leurs yeux écarquillés et devenus tous ronds disaient assez l'intérêt qu'elles leur inspiraient, et quelle était leur émotion en les écoutant. Le loustic, qui voyait l'effet de ses racontars, était tout fier de son succès.

Cependant la petite troupe continuait son chemin, mais doucement, avec précaution et non sans explorer du regard les clairières, les coulées, les sous-bois aussi loin qu'il pouvait s'étendre.

Ils approchaient du bosquet où ils comptaient faire une ample provision de fascines de branches, lorsque un cri étrange et assez fort en partit et les arrêta court.

—On dirait une grosse chèvre, fit le loustic pas plus brave qu'il ne fallait, malgré la frayeur qu'il avait voulu inspirer aux autres, et devenant blème.

— Ou plutôt le bêlement d'un gros mouton, dit un autre mousse.

— Je crois que c'est le cri d'un veau, dit un troisième.

— Ou plutôt d'une vache, ajouta un quatrième pour donner son idée.

— Dites que c'est un âne, s'écria Paul Gallais, le moins effrayé de la bande. En tout cas, nous allons bien voir... qui m'aime me suive! Et, s'armant de sa hache, il entra bravement dans le bosquet.

— Eh bien! vous ne venez pas? demanda le petit mousse en se retournant et en voyant que personne ne le suivait.

Au même moment, un brâmement plus fort, car c'était bien ce qu'ils avaient entendu, leur fit de nouveau dresser l'oreille. Paul Gallais n'attendit pas le troisième. Il entra plus avant en brandissant sa hache. Alors une violente poussée se fit dans le fourré et les arbustes du milieu s'agitèrent avec violence. Toute la bande des mousses se sauva, le loustic donnant l'exemple.

— Est-ce que nous allons laisser Paul Gallais dans l'embarras? s'écria un des plus jeunes de la troupe en s'arrêtant.

— Oui, allez à son secours, répondit le loustic, moi, je reste pour protéger la retraite.

Ces paroles du couard furent accueillies par une huée générale. Cependant, les mousses continuèrent leur mouvement de retraite. Alors, on vit Paul Gallais sortir du fourré, la figure calme quoique un peu pâle.

— Je crois que si j'avais eu besoin de secours, leur dit-il avec moquerie, j'aurais pu l'attendre longtemps de... votre part.

— Il fallait nous appeler, dit le loustic.

— C'eût été du temps perdu, répondit Paul Gallais, en haussant les épaules.

— As-tu vu la bête? demanda un des mousses.

— Mieux que ça; j'en ai vu deux, répondit Pau'.

— Deux! exclamèrent les jeunes gars à la fois.

— Oui, le mari et la femme, sans doute, car le plus grand avait des cornes comme ça, et Paul Gallais étendit les bras de toute leur longueur, et l'autre, bien plus petit, n'avait pas de cornes.

— Et tu n'as pas eu peur?

— Dame! je ne dis pas que le cœur ne m'a battu

plus fort, mais je crois que les pauvres bêtes ont eu plus peur que moi, à la manière dont elles ont détalé lorsqu'elles m'ont aperçu.

— Ce sont des caribouts, dit le loustic auquel l'assurance revenait depuis que le danger était passé.

— Je le pense aussi, répondit Paul Gallais. J'ai cru les reconnaître au portrait que j'en ai entendu faire.

— Ah! si j'avais été à ta place, comme je me serais élancé sur ces bêtes-là, la hache levée. J'en aurais abattu une, bien sûr.

— Il fallait m'accompagner, puisque tu es si brave.

— Je restais en arrière pour voler à ton secours, en cas de besoin.

La même huée accueillit ces paroles du bravache.

— Maintenant, si vous voulez voir où les deux caribouts ont couché, je vais vous y mener, proposa le petit mousse.

Toute la bande accepta, excepté le loustic, qui s'excusa en disant qu'il savait ce que c'était. Paul conduisit ses camarades à une place dépouillée de broussailles et ils virent distinctement sur la mousse l'empreinte des corps de deux animaux de grande taille.

Cet incident n'avait pas avancé le travail. Il était dix heures et pas une bourrée de faite. Il fallait réparer le temps perdu. — Paul Gallais donna l'exemple. Il s'attaqua à un beau et jeune sapin couvert de branches du pied à la cime. En moins d'un quart d'heure l'arbre fut abattu et ébranché. Il produisit à lui seul une douzaine de bourrées. Les autres mousses imitèrent leur petit chef, et bientôt il y eut en tas une cinquantaine de grosses bourrées, presque le chargement d'un bateau.

Mais pendant que les jeunes gars travaillaient avec ardeur, le temps s'était adouci et un orage envahissait le ciel, apportant avec lui des nuées de moustiques. Ces méchants moucherons semblaient sortir de partout, des branches feuillues des sapins, du gazon, de la mousse ; on eût dit qu'ils se formaient même dans l'air. Bientôt le sous-bois devint impraticable. Les malheureux mousses se réfugièrent dans les clairières, les moustiques s'acharnèrent après eux et ne leur laissèrent ni repos, ni trève. La forêt n'étant plus habitable, le capitaine des mousses prit sur lui de rallier le campement avec tout son monde. En y arrivant, ils trouvèrent la bordée revenue du bois, chassée, comme eux, par les moustiques.

— Ce sont les moustiques qui vous ramènent? dit le lieutenant.

— Oui, monsieur.

— Vous avez bien fait de revenir. Fais-nous de la soupe.

Au campement, choisi à une certaine hauteur et où la brise de mer arrivait en suivant les contours de la baie, on était bien plus à l'abri des attaques des moustiques que sous bois. Mais ces insectes étaient si abondants par suite de l'orage qu'il était à craindre que la nuit prochaine la place ne fût plus tenable, malgré toutes les précautions. Le médecin et le lieutenant n'étaient pas sans inquiétude pour eux et leurs hommes. Aussi, fût-ce avec un vif plaisir qu'ils aperçurent, vers quatre heures de l'après-midi, trois grands bateaux qui se dirigeaient à force de rames vers le camp, apportant l'ordre de rejoindre, sans délai, le Museau-du-Renard, avec tout le matériel. Seulement, on laisserait le bois et la rame, s'il fallait, et on viendrait les chercher plus tard.

La morue était arrivée. Des bateaux partis en pêche, le matin, étaient revenus, à midi, chargés.

On démonta à la hâte les tentes, on embarqua tout ce qui appartenait aux hommes ou au navire dans le fond des bateaux. On arrima en travers autant de troncs d'arbres que la prudence permettait de le faire; puis, ayant mangé la turlutine qui commençait à sentir le brûlé, on s'éloigna à bord des trois bateaux, enchanté d'échapper aux moustiques.

Ce n'était pas sans quelques regrets, pourtant, que le petit mousse quittait la Gé...ille, ainsi s'appelait la place où il avait passé huit jours d'une vie toute nouvelle pour lui. Cette vie dans la forêt en pleine liberté, au grand air, avec les sites aussi gracieux que pittoresques, qui s'offraient tout à coup aux regards, tout cela l'avait charmé et lui avait paru plein d'attrait et de plaisir doux et paisibles. N'eussent été les cruels moustiques, il n'aurait pas demandé mieux que de continuer cette existence quelque temps encore.

XIII. — L'habitation du Museau-du-Renard. Préparation de la morue.

Mais aussitôt que le bateau, qui le portait perché sur le haut d'une drôme de troncs d'arbres, eut

doublé la pointe du Museau-du-Renard et que l'habitation se déroula à ses yeux, avec ses cabanes ré-
parées, leur toit fait de cette rame qu'il avait, lui et
ses camarades, coupée dans la forêt, son chaufaud,
construction originale et bizarre, qui s'allongeait sur
l'eau comme un pont volant, le bâtiment de l'état-
major, peint en blanc avec bandes d'azur, plus vaste
et d'aspect plus aristocratique que les autres logements, avec son pavillon national flottant à la tête
d'un mât élevé, et, au milieu de toutes ces constructions capricieuses, une fourmilière d'hommes affai-
rés, allant ou venant hâtivement, le petit mousse
oublia bien vite la solitude silencieuse de la Génille,
ses coteaux boisés et leurs épais ombrages, ses oiseaux peu farouches, ses vertes prairies et ses bryas
aux eaux limpides et murmurantes. Il était impatient, le petit mousse, de se mêler au mouvement.
Aussi, lorsque M. Desbarres, qui s'était avancé au
devant des chefs de l'escouade, lui demanda s'il était
content de rentrer à l'habitation, le « oui, capitaine » qu'il répondit, était-il sincère.

Ce qui frappa surtout Paul Gallais ce furent les dix
grands bateaux réparés et goudronnés, mouillés sur
la même ligne, l'avant tourné vers le large et prêts
à prendre la mer, au premier signal. Derrière eux,
également à l'ancre, se balançaient deux grandes
chaloupes, plus gracieuses de formes, embellies d'un
liston blanc, et portant, roulé à l'arrière, l'énorme
filet, la senne, qui devait servir à prendre la morue.

C'était là flottille de pêche du Museau-du-Renard.

Elle n'attendait que le signal pour s'élancer à la poursuite des bancs de morue.

Paul Gallais prit possession d'un cabinet qu'on lui avait ménagé entre la chambre de M. Desbarres et la cabine du second. Comme le dîner était entrain et la table mise, le maître d'hôtel dit au petit mousse de parcourir l'habitation et d'en prendre connaissance en attendant qu'on eût besoin de lui.

Il se dirigea d'abord vers le chaufaud, qui l'attirait irrésistiblement. De ce bâtiment partaient des chants à pleine poitrine. Des hommes y étaient au travail, évidemment. Mais que faisaient-ils?... Leurs chansons n'avaient rien de poétique, mais l'air en était original. Elles donnaient de l'entrain et du courage aux travailleurs. Ce qui frappa le plus Paul Gallais en entrant, ce fut l'énorme tas de sel blanc qui remplissait les deux tiers du chaufaud, puis en avant de ces tas une ligne transversale d'une dizaine d'étaux, devant chacun desquels un homme était assis sur un siége élevé, une espèce de fauteuil, dont le devant était couvert de toile goudronnée étendue sur des cercles, de manière à garantir le bas du corps jusqu'à la ceinture de l'homme qui occupait le fauteuil. De l'autre côté de l'étal et en face de cet homme désigné sous le nom de *trancheur*, et, ordinairement pris parmi les officiers et les principaux de l'équipage, s'en trouvait un autre, debout, ayant devant lui un long tablier, aussi de toile goudronnée, qui le couvrait depuis le cou jusqu'aux pieds, avec des échancrures pour les bras. Cet homme, appelé *décolleur*, tourne le dos à la poissonnerie, compartiment qui prend toute la largeur du chaufaud, sur une profondeur plus ou moins grande. Comme son nom l'indique, c'est dans ce compartiment que les bateaux, au fur et mesure qu'ils reviennent de la pêche, jettent la morue qu'ils ont prise, en attendant qu'elle soit portée à l'étal.

Ceci est l'affaire des mousses. Un bon mousse doit desservir deux étaux. Il prend de chaque main, entre le pouce et l'index, par les yeux, une morue qu'il pose sur l'étal, à gauche du décolleur. Celui-ci, la main passée dans des gants d'épais tissus de laine, saisit de la main gauche le poisson sous le menton, l'attire devant lui, lui tranche la gorge et lui ouvre le ventre jusqu'au bas, du même coup d'un couteau pointu et à deux tranchants. De la main droite, il arrache le foie qu'il pousse dans une manne par une ouverture pratiquée dans l'étal. De la même main, et toujours sans se servir du couteau, il arrache les intestins et les viscères du poisson, appuie celui-ci à la naissance du cou, derrière la tête, à une planche de l'étal, amincie en biseau, et d'un coup sec le décolle. La tête et les intestins tombent dans la mer par un trou, et la morue est poussée dans cet état au trancheur, qui achève de l'*habiller*. Pour cela, le trancheur, armé d'un couteau très coupant et très large, prend le poisson par la partie postérieure de l'ouïe, le place en travers devant lui, le dos appuyé à une planche clouée sur l'étal, l'ouvre depuis le cou jusqu'à la queue, avec son large couteau, lui enlève une partie de l'arête dorsale et le pousse dans une espèce de traîneau, lequel, lorsqu'il est plein, est mené à la pile du saleur par un novice.

Cette opération est faite si rapidement que, lorsque la morue est étendue sur la pile, la chair en dessus, elle n'est pas encore morte et qu'elle tressaille et se soulève au contact du sel.

La poissonnerie, où se trouvait déjà une quantité de morue considérable n'eut pas tardé, cependant, à être débarrassée, si de nouveaux bateaux arrivant incessamment, n'eussent comblé le vide, avec leur apport. Et pourtant, les sennes ne donnaient pas encore; il n'y avait que les pêcheurs à ligne qui prenaient du poisson. Lorsque l'abondance de la morue permettrait de se servir efficacement de ces grands filets, ce serait bien autre chose. Alors toutes les forces vives de l'habitation seraient requises. Tout le monde mettrait la main à l'ouvrage, le maître d'hôtel, le cambusier, le cuisinier, le médecin, M. Desbarres, lui-même, tous descendraient au chaufaud pour donner un coup de main à dégager la poissonnerie, c'est-à-dire à mettre la morue dans le sel, sous peine de la voir se gâter.

Tous ces détritus de morue en putréfaction répandaient une odeur infecte autour du chaufaud, mais le va-et-vient des vagues et leur brisement sur les rochers ne tardaient pas à la dissiper et à assainir l'air. Leur présence attirait dans cet endroit toute sorte de crustacés, entre autres des araignées de mer aux longues pattes et des poissons voraces et hideux d'aspect. De petites morues, le corps court et gros, le dos noir et le ventre blanc, se voyaient par centaines sur le fond, dévorant sans scrupules les restes de leurs congénères.

Enfin, au-dessus de la crique, planaient de grands goëlands et des mouettes blanches aux ailes pointues, en quête d'une proie facile que, une fois happée, ils allaient digérer, perchés sur un rocher, dormant d'un œil, et, de l'autre, surveillant les alentours.

Paul Gallais examinait tout, et, lorsque quelque chose l'embarrassait, il questionnait les uns et les autres. Il était observateur et non pas curieux, et il aimait à s'instruire et à se rendre compte des choses.

A la fin du jour, les derniers bateaux rallièrent l'habitation et jetèrent dans la poissonnerie le produit de leur deuxième pêche de la journée. Les pêcheurs, après avoir mangé leur soupe à la morue et bu le quart de vin de gratification — ceux qui avaient atteint dans la journée le maximum de la pêche — allèrent prendre un repos bien gagné. Les *chaufaudiers* (les hommes chargés de manipuler la morue), après avoir nettoyé la poissonnerie encore une fois, en firent autant.

Bientôt on n'entendit plus à l'habitation du Museau-du-Renard que ronflements sonores et clapotements de la mer sur les rochers du rivage et les pilotis du chaufaud. Il était alors minuit.

Mais, à deux heures du matin, le réveil fut annoncé par le tintement d'une grosse cloche, mise en mouvement par M. Desbarres lui-même : il ne s'en remettait à personne du soin de réveiller son monde. Non content de donner ce signal, le chef de l'expé-

dition s'en fut ensuite de cabane en cabane, appeler
les chefs et les maîtres de barque par leur nom.

En moins de temps que nous n'en prenons pour
écrire ces lignes, les hommes sortaient les uns de
leurs cabanes rustiques, les autres du chaufaud, de
la tonnellerie, pendant que les officiers paraissaient
aux fenêtres de l'état-major. C'était à se demander
s'ils s'étaient déshabillés pour dormir. Les pêcheurs
se dirigèrent vers leurs bateaux en passant par le
magasin de la cambuse où on leur délivra les rations
de vivres de la journée, préparées par le cambusier
pendant leur sommeil.

Paul Gallais fut des premiers sur pieds, et, comme
tout l'intéressait, il se transporta sur l'embarcadère
pour mieux voir. Déjà les pêcheurs étaient dans leurs
bateaux, s'occupant de l'appareillage. Les mâts
étaient dressés, les vergues hissées et les voiles déployées. M. Desbarres, auprès du mât de signaux,
tenait la drisse du pavillon national prêt à l'élever
dans les airs quand il jugerait à propos. Il jeta un
dernier coup d'œil sur la flottille, et, voyant chacun à
son poste, il donna le signal du départ en faisant
flotter le drapeau à la tête du mât.

En un clin d'œil tous les bateaux furent sous
voiles. Il ventait forte brise, mais elle était contraire
pour sortir de la crique. Pour toute personne ne
connaissant pas la manœuvre, il aurait paru y avoir
un peu de confusion dans ce pêle-mêle de bateaux se
croisant dans tous les sens; il n'en était rien. Les
bateaux prirent leurs distances selon leur marche et
l'habileté de leur patron, louvoyèrent avec une rare

précision dans la crique étroite, virèrent de bord
pour gagner le vent et débouquèrent dans la baie du
Morne-Rouge sans une avarie, un abordage ou une
fausse manœuvre.

Ce sont de rudes gars que les Cancalais, dit
M. Desbarres à M. Legal. Pas beaucoup comme
eux..... Allons prendre le thé.

Tout n'était pas fini, cependant. Les deux chaloupes de senne, avec leurs six avirons bordés, un
homme tenant une longue gaffe comme on tient une
lance, debout à l'avant, le maître de chaloupe, dans
la même posture, à l'arrière, près de l'énorme filet et
s'appuyant sur la barre courbe du gouvernail, s'é-
lancèrent à force de rames, sans se soucier du vent
contraire. Elles eurent bien vite doublé la pointe et
ne tardèrent pas à disparaître, laissant derrière elles
les bateaux à voiles, forcés de lutter contre le vent.
Ces chaloupes fines de formes, à l'étrave tranchante
et à l'arrière évasé, ressemblaient bien à deux oiseaux de proie et la rapidité de leur marche et de
leurs mouvements rendait encore la ressemblance
plus frappante.

Paul Gallais avait assisté à ce départ de la flottille
du Museau-du-Renard avec un plaisir et un intérêt
qu'exprimait bien sa figure toute souriante. Toute
son ambition, pour le moment, eût été de comman-
der un de ces bateaux.

XIV. — Des nouvelles de France.

Ce jour là, des lettres de France, apportées par la corvette de l'Etat chargée de surveiller la pêche, arrivèrent à l'habitation. Paul Gallais en reçut une de sa mère. Tout le monde se portait bien à la maisonnette de la Houle. Ses frères et la petite Louisette allaient tous les jours à l'école et s'en trouvaient bien. Sa mère continuait d'aller vendre son poisson dans les communes environnantes. Elle avait trouvé quelques bonnes maisons où on la payait bien et dont les maîtres lui donnaient, par dessus le marché, de vieux vêtements, bons encore, pour ses enfants.

Mais ce qui frappa surtout Paul Gallais et ce qui le fit beaucoup réfléchir, ce fut cette phrase qui terminait la lettre :

« Il court par Cancale de drôles de bruits au sujet de ton père, mais je n'ose ajouter foi à ce qu'on dit ; ce serait trop de bonheur. Espérons, cependant..... »

Que voulait dire sa mère ? quels étaient ces bruits qui couraient ? Paul Gallais ne s'en doutait pas. Mais, ce devait être quelque chose d'heureux, puisque sa mère lui disait d'espérer. Cette lettre fit grand plaisir au petit mousse, mais sa dernière phrase le laissa dans une certaine anxiété ; on n'est jamais content.

On parla beaucoup, dans la journée, de Cancale et du pays au Museau-du-Renard, et un des voisins du petit mousse lui dit :

— Tu ne sais pas, Paul ?

— Quoi ? répondit celui-ci, distrait.

— Eh bien ! il paraît que ton père n'a pas péri, comme on le croyait.

— Oh !.... s'écria le petit mousse en tressaillant, qui est-ce qui dit cela ?

— Dame ! le bruit en court à Cancale. Demande à Gallant, à Couplet, à Leroux, qui ont reçu des lettres aussi, ils te le diront comme moi.

— Si c'était vrai ! murmura Paul Gallais d'une voix mourante. Un profond soupir souleva sa poitrine et une larme roula sur sa joue hâlée.

Les jours qui suivirent furent remplis de tristesse et de mélancolie pour Paul Gallais. La pensée de son père, l'espoir incertain de le revoir ne quittaient pas son esprit. Il était tour à tour silencieux et verbeux, inquiet d'une impatience qu'il ne pouvait dompter, demandant à tout le monde et vingt fois par jour quand viendraient de nouvelles lettres de France. Mais il travaillait avec un redoublement de courage et d'ardeur. Il lui semblait que le travail faisait plus vite passer le temps.

Cependant, la pêche continuait avec succès. Les bateaux chasseurs (1) apportaient incessamment à l'habitation de pleins chargements de morue, qui, après avoir été *habillée* par le décolleur et le trancheur, allait hausser la pile du saleur. La pêche s'annonçait bien. Le contentement se lisait sur la figure de M. Desbarres. Il avait le mot pour rire et

(1) On désigne ainsi les bateaux qui ne pêchent pas et suivent seulement les chaloupes de senne pour les aider et se charger du poisson qu'elles prennent.

des paroles d'encouragement pour tout le monde. Il n'était point avare des doubles rations.

Au Museau-du-Renard, c'était une activité extraordinaire et un travail sans répit, toujours poussé par l'abondance de la morue. Mais, c'était aussi la satisfaction de faire une pêche complète et la perspective d'une belle gratification que M. Desbarres laissait entrevoir.

Dès les premiers jours du mois d'août, on commença à laver et à sécher la morue. Pour cela, on la portait à la laverie, qui s'avançait sur la mer comme le chaufaud. C'était aussi une large plate-forme de troncs de sapin, coupée, sur l'avant, de deux grandes ouvertures où s'emboîtaient deux vastes caisses suspendues par des palans et dont les bords étaient à claire-voie. On jetait dans ces caisses la morue apportée de la pile du saleur, on les amenait ensuite dans la mer au moyen des palans de manière à ce qu'elles y fussent aux trois quarts plongées. Alors, des hommes munis d'une longue perche, le bout inférieur garni d'une traverse et nommée « rabot » soulevaient et remuaient le poisson immergé et le va-et-vient des lames, qui pénétraient à travers la claire-voie des caisses, achevait de le débarrasser de la saumure et de la vase que le gros sel dépose toujours en fondant. Une fois la morue bien nettoyée, les caisses étaient hissées au niveau de la laverie, on chargeait le poisson sur des civières et on le portait à la grave, c'est-à-dire au séchoir, vaste étendue de terrain choisie autant que possible en pente douce et couverte de pierres comme la chaussée d'une

grande route. On y plaçait la morue une à une, la
chair en dessus et bien alignée, et deux ou trois
belles journées de soleil suffisaient pour la sécher.
Mais, chaque soir, il fallait la ramasser et la mettre
en pile, autant en cas de mauvais temps que pour
lui faire prendre cette forme plate qu'on lui voit sur
nos marchés.

FIN DE LA PREMIÈRE PARTIE.

DEUXIÈME PARTIE

I. — Une mission de confiance.

Nous avons dit que M. Desbarres armait un second navire, la *Virginie*. Ce bâtiment allait faire pêche dans le golfe Saint-Laurent, sur la côte ouest de Terre-Neuve, dans la partie attribuée à la France par les traités. A cet effet, il remontait le golfe du sud au nord, à la poursuite de la morue, qu'il préparait à bord même. Puis, lorsque la pêche était terminée, c'est-à-dire lorsque le poisson disparaissait, il devait doubler la pointe nord de la grande île et gagner la baie des Gryais où il avait une place et une grave.

Cette année, la pêche ayant été abondante et prompte, M. Desbarres résolut d'expédier en prime, dans la Méditerranée, la *Virginie* avec un chargement de morue. Il y avait au Museau-du-Renard suffisamment de morue prête à être embarquée. Si la *Virginie* arrivait aux Gryais avant le 15 août, l'expédition pouvait avoir lieu, mais pour cela il ne fallait pas qu'elle s'y arrêtât et y débarquât sa cargaison. Or, son capitaine, M. Duport, avait reçu de M. Desbarres des ordres antérieurs tout à fait en opposition avec la dernière résolution de celui-ci. Un simple commencement d'exécution de ces ordres pouvait faire manquer l'opération, sur le succès de laquelle le capitaine de l'*Alexandre* comptait beaucoup, si elle était menée rapidement. Il s'agissait donc de révoquer au plus vite ces premiers ordres et de prévenir M. Duport, dès son arrivée aux Gryais, de ne pas s'y arrêter et de poursuivre, sans perdre un instant, pour le Morne-Rouge.

M. Desbarres écrivit au capitaine de la *Virginie* une lettre dans ce sens; mais lorsqu'il s'agit de la faire parvenir, il ne sut plus comment faire. L'envoyer par bateau était scabreux. Le temps était incertain, le vent contraire et le baromètre, en baisse, ne présageait rien de bon. Il y avait beaucoup à craindre que M. Duport ne reçût pas la lettre à temps, par ce moyen. Restait la voie de terre. Mais il y avait cinq lieues des Gryais au Museau-du-Renard et la route, à travers la forêt, n'était connue de personne à l'habitation. M. Desbarres fit part de son embarras à Powel, un anglais, qui demeurait toute l'année avec sa famille et quelques hommes au Morne-Rouge, et que le hasard amena justement ce jour là au Museau-du-Renard. Powel était l'homme de confiance des chefs des habitations françaises dans la baie, celui qu'ils chargeaient de veiller à leurs intérêts pendant la saison d'hiver.

Cela se trouve à merveille, répondit Powel. J'ai justement chez moi, en ce moment, John, le fils de Reed, des Gryais, qui part demain pour retourner chez son père. Confiez-lui votre lettre, elle arrivera sûrement à M. Duport.

— Connaît-il la route ?

— Je crois qu'il ne l'a pas encore faite, mais c'est un garçon audacieux et débrouillard, qui saura bien se tirer d'affaire.

— J'aimerais mieux lui adjoindre un homme, répondit M. Desbarres, mais nous sommes au plus fort du travail et un homme de moins ferait défaut.

— Eh bien ! ne pouvez-vous disposer d'un mousse ?

— Vous avez raison, Powel, répondit le premier, qui pensa aussitôt à Paul Gallais. En effet, le petit mousse était un commissionnaire en qui on pouvait avoir pleine confiance. Lui ne s'arrêterait pas en chemin pour flâner ou dormir et la lettre parviendrait sûrement à son adresse. La seule considération qui faisait hésiter M. Desbarres à le choisir, c'étaient son jeune âge et les dangers qu'il pouvait courir dans un si long trajet à travers les bois. Mais Powel le rassura. Il lui dit qu'il n'y avait rien à craindre en cette saison, que souvent il arrivait chez lui des gens qui avaient fait de bien plus longues courses d'un point à un autre de la forêt et que jamais il n'avait entendu dire qu'ils y eussent fait de mauvaises rencontres. S'il y avait le moindre danger, ajouta-t-il, je ne renverrais pas aux Gryais, et tout seul encore, John Reed, le fils de mon ami et beau-frère.

Cette dernière raison décida M. Desbarres, qui fit incontinent appeler Paul Gallais et lui fit part de la mission qu'il voulait lui confier, sans lui cacher les considérations qui l'avaient fait hésiter à le faire.

Le petit mousse ne parut nullement déconcerté ; au contraire, il se montra tout fier de la confiance qu'on avait dans son courage et son intelligence, et il affirma que le retour, seul, à travers la forêt, s'il était nécessaire, ne l'effrayait pas. Il prendrait en allant aux Gryais des points de repère, casserait des branches, de distance en distance, sur son passage, toutes choses qui lui serviraient à le guider pour revenir.

Le petit bonhomme parlait si posément, d'un air si calme et si naturel qu'il fit passer une partie de son assurance dans l'esprit de son capitaine, qui, lui tapant familièrement sur la joue, lui dit :

— Allons, tu es un brave et j'ai confiance en toi. Tu partiras demain au lever du soleil. Va préparer ce qu'il te faut pour le voyage.

— Et moi, dit Powel, je vais prévenir mon neveu John, qu'il aura un compagnon de route, ce qui ne lui déplaira pas.

La mission de confiance dont était honoré le petit mousse fut bien vite connue de toute l'habitation et diversement appréciée. Elle lui suscita quelques envieux, mais les plus nombreux furent contents que l'on n'eût pas songé à eux : ils avaient peur de cette longue route à travers la forêt.

Parmi eux se faisait remarquer le loustic. Il était jaloux de voir Paul lui être préféré, et fâché, au fond, de ne pas l'échapper pour quelques jours aux durs travaux du Museau-du-Renard. Mais, en même temps, le couard se félicitait d'éviter une corvée dangereuse à ses yeux.

— Je sais bien que tu pourras prendre autant de soupes à l'herbé que tu voudras et dormir tout ton content dans la brousse (le fourré), dit-il à Paul

Gallais, mais je ne voudrais pas être à ta place. Penses-tu, Gallais, faire plus de dix lieues sous-bois, dans la forêt..... si tu allais t'égarer?.... tu mourrais de faim dans les sapins, à moins que d'être mangé par les loups, auparavant.

— D'abord, il n'y a pas dix lieues et puis nous serons deux, moi et John Reed, qui connaît bien la route, lui.

— Oui, mais pour revenir des Gryais tu seras seul, fit observer le loustic.

— Laisse-moi donc tranquille ; tu voudrais m'effrayer, mais tu ne réussiras pas, répondit le petit mousse en haussant les épaules, et il s'éloigna.

Le lendemain, au point du jour, Paul Gallais était debout et endossait les vêtements les plus commodes pour la route, c'est-à-dire amples, sans être flottants, et d'un tissu serré et imperméable. Il chaussa de grands brodequins de cuir jaune, très souples, se laçant sur le devant de la jambe, et coiffa sa tête d'un chapeau de feutre ciré à bords suffisamment larges. Il avait sur le dos une gibecière en filet, recouverte par le voilier de l'*Alexandre* d'un grand morceau de peau de phoque, de celui tué par M. Desbarres dans la banquise. Cette gibecière enfermait quelques objets de rechange, des vivres pour cinq jours, une bouteille d'eau-de-vie, du sel et du poivre, et des munitions, poudre, balles, plombs et capsules. C'était le maître d'hôtel qui en avait composé le contenu sur l'ordre qu'il avait reçu du second.

Au moment où Paul Gallais passait devant la cabine de M. Legal, celui-ci l'appela. Il lui montra une carte détaillée de la partie nord de Terre-Neuve, étendue sur sa table.

— Regarde bien ceci, dit le second au petit mousse en plaçant le doigt sur un point de la carte, c'est le plan exact de la région que tu as à traverser pour te rendre aux Gryais. Voilà le nord, vers lequel il te faudra toujours marcher. Tu auras ainsi, en allant, la mer à droite et la forêt profonde à gauche. Pour revenir au Museau-du-Renard, ce sera tout le contraire.

— Mais qui m'indiquera le nord? objecta Paul Gallais.

— Je pourrais te répondre que c'est en conservant le levant à droite et le couchant à gauche que tu auras le nord en face, mais voici qui te guidera mieux encore.

En même temps M. Legal remit au petit mousse une boussole minuscule qu'il retira de la breloque de sa montre.

— Tu connais le compas? lui demanda-t-il.

— Oui, monsieur.

— Tu sais que l'aiguille mobile se tourne toujours vers le nord?

— Oui, monsieur....

— Eh bien! ça suffit. Je te confie cette petite boussole. Prends-en bien soin, tu la consulteras au besoin et elle t'indiquera ta route.

Paul Gallais était intelligent. Il examina la carte étalée sous ses yeux, en grava dans sa mémoire la partie qui l'intéressait et se rendit un compte exact, en comparant avec sa boussole, de la direction qu'il

lui fallait suivre pour atteindre une des baies pro-
fondes des Gryais.

M. Desbarres remit la lettre pour M. Duport au
petit mousse, qui l'enveloppa dans un morceau de
toile cirée et l'enferma dans la poche la plus sûre de
sa vareuse de laine bleue. Il lui donna, en outre, ses
instructions verbales pour le capitaine de la *Virginie.*
Il crut pouvoir lui confier ensuite un fusil double à
piston. M. Legal lui avait appris à s'en servir pendant la traversée, à bord de l'*Alexandre*, et Paul
Gallais avait fait preuve d'adresse en abattant maintes
mouettes et goëlands au vol. C'était un fusil de
chasse léger et d'une bonne portée. Il lui recommanda aussi de se munir d'une hachette, au tranchant d'acier et bien aiguisée.

Tous ces objets, en somme, n'étaient pas trop
lourds ni au-dessus des forces du petit mousse.

John Reed arriva à l'habitation comme Paul Gallais achevait de s'équiper. C'était un grand garçon
de 17 ans, bien découplé, aux longues jambes, aux
cheveux rouges et aux yeux bleus. Son teint était
coloré. Il avait sur la figure cette expression affectée
de flegme, de hauteur calme et d'indifférence qui ressemble tant à de la morgue et qui ne fait que s'ac-
centuer avec les années.

John Reed était le type du véritable anglo-saxon-
écossais.

Il était vêtu à peu près comme Paul Gallais, si ce
n'est que son sac aux provisions était moins volu-
mineux, qu'il n'avait pas de brodequins, mais des
guêtres de cuir jaune montant au-dessus du genou et

bouclées serrées, ce qui faisait paraître ses jambes encore plus longues et plus minces. Il n'avait pas de chapeau, mais un bonnet de fourrure double, pouvant se rabattre sur les oreilles et le cou. Pour arme, il avait un long fusil simple à silex, un véritable rifle qui avait peut-être été à la bataille de Waterloo, et, au lieu de hache, un coutelas, espèce de poignard long et pointu, pendait à sa ceinture, à la façon des Américains.

Ainsi équipés et armés, Paul Gallais et John Reed pouvaient entreprendre la traversée du continent américain d'un océan à l'autre.

M. Desbarres vint passer en revue les deux voyageurs et parut satisfait. Sans faire attention à l'air impoli, froid et rogue de John auquel il n'adressa pas une parole, il prit Paul Gallais à part, lui renouvela ses instructions pour M. Duport et lui recommanda de marcher vite et de ne pas s'arrêter en route. Le petit mousse le lui promit.

— Eh bien! allez déjeuner, jeunes gens, et en route, leur dit-il ensuite.

Paul Gallais précéda son compagnon de route dans la salle à manger de l'habitation où un bon déjeuner les attendait. Le jeune Anglais, malgré sa dignité dédaigneuse, mangea avec une voracité et une gloutonnerie qui firent sourire plusieurs fois le petit mousse. C'était surtout à la boisson qu'il s'attaquait avec le plus d'avidité et il ne laissa un flacon d'eau-de-vie, qui se trouvait sur la table, que lorqu'il l'eut vidé complètement.

Le déjeuner achevé, les deux jeunes gars adressè-

rent leurs adieux à ceux qui se trouvaient là, et John
Reed poussa la condescendance jusqu'à présenter sa
main à M. Desbarres, qui la laissa retomber sans la
prendre. Alors ils s'éloignèrent crânement, la gibecière sur le dos, le fusil sur l'épaule. Paul Gallais, sa
hachette, et John Reed, son coutelas pendu à la
ceinture, et disparurent au premier tournant du sentier, qui s'enfonçait sous les sapins.

II. — A travers la forêt. Incidents divers.

Le petit mousse et son compagnon suivirent le
sentier un bon bout de chemin, ayant la forêt à
gauche et la mer à droite. Bien qu'ils ne fussent pas
encore très éloignés du Museau-du-Renard et que
Paul Gallais connût la route beaucoup plus loin,
l'ayant déjà parcourue, celui-ci consultait souvent sa
petite boussole, tandis que John Reed, silencieux
comme un muet, affectait un suprême dédain pour
ce petit instrument qu'il ne connaissait pas.

Cependant, après deux heures de marche, le sentier commença à disparaître sous les broussailles.
— Plusieurs fois les deux voyageurs s'arrêtèrent,
indécis, et ce n'avait été qu'après d'assez longues
recherches qu'ils avaient retrouvé leur route. Vers
dix heures du matin, à leur estime, car ni l'un ni
l'autre n'avait de montre, ils se trouvèrent sur un
plateau ondulé, couvert d'un bois épais de jeunes et
vigoureux sapins, sous lesquels la brousse (les
broussailles) n'existait pas. Ils foulaient un beau
tapis de mousse d'un vert-foncé, percé de mille

plantes boréales dont les fleurs d'un rose pâle égayaient les regards. Il faisait un beau soleil et ses rayons, à travers la ramure enchevêtrée des sapins, criblaient le sol mousseux de petites plaques dorées comme les fleurs des nénuphars sur la surface de certains étangs.

John Reed jugea que la place était bonne pour déjeuner une deuxième fois. Il en fit la proposition à Paul Gallais, qui accepta. C'était moins la faim qui poussait le jeune Anglais que le désir de connaître en quoi consistaient les provisions de son compagnon dont le sac rebondi excitait sa curiosité.

Ils choisirent une place, au pied d'un sapin, où la mousse était bien épaisse et s'y assirent. Les basses branches du sapin leur servaient de parasol, et, comme le terrain était en pente, à quelques pieds plus bas coulait un filet d'eau limpide, qui sortait de dessous la mousse et tombait dans un petit bassin, qu'on eût dit fait de main d'homme.

Le jeune Anglais donna l'exemple. Le premier, il exhiba ses provisions. Elles consistaient en un petit pain mal cuit, sec et d'une blancheur douteuse, d'une moitié de saumon fumé et d'un flacon de tafia commun. C'était peu; en revanche, ses munitions en poudre et en plomb étaient plus que suffisantes pour un voyage bien plus long. On pouvait penser, en les voyant, que Powel, son oncle, en l'expédiant aux Gryais, avait plus compté sur son rifle pour subvenir à ses besoins que sur les provisions qu'il lui avait données.

Paul Gallais étala les siennes sur la mousse avec

une satisfaction qui n'était pas exempte d'un certain amour-propre. Le maître d'hôtel l'avait traité comme le protégé de M. Desbarres et s'était montré prévoyant et généreux. Le petit mousse trouva dans sa gibecière un bon morceau de jambon fumé, six saucissons cuits, trois livres de biscuit de chambre qui ressemblait à du gâteau tant la pâte en était fine et blanche, un petit pot de beurre salé et un petit sac contenant des épices; enfin, ce qui excita surtout la convoitise de John Reed, une bouteille de bonne eau-de-vie.

— Oh! oh! ah! ah! dit le jeune Anglais en débouchant la bouteille; puis, en ayant flairé le contenu, il s'écria :

— Ah! good... very well brandy.

Et, sans plus de façon, il porta le gouleau à ses lèvres. On ne peut dire s'il aurait laissé quelque chose dans le fond, si Paul Gallais, choqué de cette manière d'agir, ne lui eût enlevé le flacon des mains en criant :

— Stop!..... (arrête).

— Vous avoir raison, Paôl, dit le jeune Anglais un peu surpris, toutefois, de la vivacité du petit mousse; si nous buvions tout d'une fois, il n'en resterait plus. Après cette réflexion, digne de M. de la Palisse, il se coupa dans le morceau de jambon, appartenant à Paul Gallais, une épaisse tranche qu'il mangea sans pain.

Le petit mousse le regardait faire avec inquiétude.

— Goinfre! murmura-t-il entre ses dents.

— *Vo dises ?* demanda John.

— Que si nous allons de ce train là, nous aurons
mangé toutes nos provisions bien avant d'être arri-
vés aux Gryais, répondit Paul.

— Oh! ouais..... nous en avons plus qu'il nous en
faut, répondit l'Anglais ; d'ailleurs, j'ai mon rifle.
Avec lui, nous ne mourrons pas de faim. Et il ajouta :
chez le père de moa, vous verrez comme on se nour-
rit bien.

Après ces paroles, John, repu et aux trois quarts
ivre, s'arrangea pour faire un somme. Paul Gallais
le laissa faire et profita de ce moment pour serrer ce
qui restait de ses provisions, ayant soin de cacher
la bouteille d'eau-de-vie au fond de sa gibecière.

Ce début de voyage ne plaisait pas au petit
mousse, qui n'éprouvait aucune sympathie pour son
compagnon. En effet, dans la conversation qu'ils
avaient eue depuis le matin, John Reed s'était montré pédant, entier, égoïste, faisant l'important à tout
bout de champ et à propos de tout. Il ne laissait pas
passer une occasion de dire du mal des Français, de
les tourner en dérision et d'agir avec son compagnon
de route comme s'il eût été son maître. Paul Gallais
eut mieux aimé faire le voyage seul qu'avec ce garçon
plus ignorant que lui et qui prétendait tout savoir et
lui imposer sa volonté.

Pendant que John Reed, étendu sur la mousse au
soleil, dormait à poings fermés et ronflait comme un
tuyau d'orgues, la pensée vint au petit mousse de le
laisser cuver son eau-de-vie à son aise et de continuer seul sa route, mais la générosité l'arrêta. Il
pourrait lui arriver du mal pendant son sommeil, se

dit-il, et il attendit patiemment son réveil. Mais le dormeur ne se réveillait pas et il fut forcé de le tirer par un pied et par une main pour l'arracher à son somme.

— Jarny-cotton! que j'ai bien dormi, s'écria John en rouvrant les yeux.

— Oui, mais en route, si nous voulons arriver avant la nuit.

— Quelle heure est-il?

— Midi passé, répondit le petit mousse en consultant le soleil.

— Oh! nous avons bien le temps.

— En route, ou je pars seul, menaça Paul Gallais.

— Eh bien! mangeons un morceau et buvons la goutte, dit John en *clignant* la gibecière du coin de l'œil.

— Non, non, répondit le petit mousse avec fermeté. Vous en avez déjà trop pris, master John. Vous perdriez ce qui vous reste de force et d'énergie..... En route, en route! et Paul Gallais prit les devants. John Reed se résigna à le suivre. Au bout de cinq minutes, ils marchaient de concert dans le sentier devenu une simple piste et il n'y paraissait plus du nuage qui s'était élevé entre eux.

Rien de pittoresque comme les vallons, les prairies, les coteaux qu'ils traversaient. La vue ne s'y étendait pas très loin, on n'y jouissait pas des vastes horizons, mais que de gracieux et frais paysages, quelles solitudes charmantes, quel silence!.... On n'était plus au printemps, à la vérité, et l'on n'entendait pas ces cris ou ces chants d'oiseaux forestiers qui avaient tant captivé l'attention et excité la curiosité du petit mousse à son arrivée dans la baie du Morne-Rouge et pendant son séjour à la Génille. Mais quelle végétation estivale !

Bientôt les collines, qu'ils avaient à droite et à gauche, et qui encaissaient gracieusement la vallée où ils se trouvaient, s'élargirent, les bois s'éclaircirent, et la prairie coupée en deux par un large brya, se déroula en un beau tapis d'herbe jaunissante et ondulante comme les vagues, sous le souffle d'une brise tiède et légère. Puis, tout à coup, entre les arbres une belle nappe d'eau qui reflétait le ciel bleu, se montra aux regards surpris des deux jeunes garçons.

— Tiens ! s'écria John Reed en étendant le bras, un étang.

— Eh bien ! qu'y a-t-il d'étonnant à ce que nous rencontrions un étang ? demanda Paul Gallais.

— C'est que je ne me rappelle pas en avoir vu en allant au Morne-Rouge, répondit John.

— Nous serions-nous égarés ? reprit l'autre.

— Je ne pense pas. Mais si nous avons perdu le bon chemin, à quoi nous a servi votre petite machine ? John voulait parler de la boussole.

— Je ne l'ai pas beaucoup consultée, confiant dans la connaissance que vous dites avoir de la route, vous, qui ne doutez de rien.

— Eh ! *my boy* (mon garçon), j'ai suivi le sentier. Tant pis s'il nous a mis hors du bon chemin.

— Oui, tant pis !.... répondit Paul Gallais. Mais,

dorénavant, je m'en rapporterai à ma petite machine et pas à votre savoir, qui n'est pas grand.

— Oh! ah! oh!.... Paûl, s'écria l'Anglais avec un mauvais regard.

Ils arrivèrent bientôt sur le bord de l'étang, presque un petit lac tant il avait d'étendue. Mais ils furent obligés de s'en éloigner tant il devenait marécageux.

Des oiseaux aquatiques en grand nombre, les uns volant, les autres nageant et plongeant, faisaient entendre des cris aigus et stridents. Paul Gallais reconnut des mouettes de plusieurs sortes, de grands goëlands, ces vautours des eaux, les uns au manteau gris-roux, les autres au manteau noir et à la tête chauve, planant au-dessus de l'étang, et, sur celui-ci, des bandes innombrables de canards, de harles, de cormorans, de plongeons de toutes tailles et de toutes couleurs, de poules d'eau, de pies et d'hirondelles de mer, et, au milieu de tous ces volatiles, de grands oiseaux au plumage d'une blancheur éclatante, nageant majestueusement et se faisant faire place comme des princes au milieu de leur cour. Paul Gallais reconnut en eux des cygnes. Il en avait vu dans les pièces d'eau du château de la Mettrie, près de Cancale, sur la route de Saint-Coulomb.

Enfin, il remarqua, perchés à la cime de deux grands sapins, deux énormes oiseaux d'un gris fauve, immobiles comme des pétrifications, ce qui ne les empêchait pas de faire entendre, à intervalles réguliers, un cri rauque et perçant, comme un signal et un appel au carnage. Ce cri provoquait une déroute générale parmi les oiseaux pacifiques qui s'ébattaient sur l'étang; beaucoup prenaient leur vol et fuyaient à tire-d'aile en les entendant.

— C'est drôle, tout de même, dit Paul Gallais.

— Ce sont des aigles, des oiseaux de proie, qui aiment le gibier d'eau, répondit John, enchanté de faire parade de ses connaissances.

— Eh bien! ils ont de quoi choisir et se régaler, répondit Paul.

— Oui, mais cependant, il ne paraît pas qu'il y ait dans tout ce monde d'oiseaux quelque chose qui leur convienne. Ils attendent mieux et se réservent.

Les deux jeunes gens arrivaient, tout en évitant les places les plus marécageuses, et en causant, à une pointe de terre, qui s'avançait comme un petit cap dans l'étang et qui n'était couverte que d'arbustes et d'une bruyère épaisse à petites fleurs rouges. De cette pointe, assez basse pourtant, on devait apercevoir tout l'étang. John espérait aussi, de là, se rendre compte de la direction qu'ils devaient prendre, car il n'en était pas sûr. En somme, il ne savait plus où il était.

Ils se mirent à marcher courageusement à travers le marécage, sillonné de nombreux ruisseaux, heureusement peu larges, car il fallait les franchir d'un bond. John Reed étant entré dans l'un d'eux pour le passer à gué, s'était enfoncé jusqu'au dessus du genou dans une vase noire et molle, et Paul Gallais avait dû lui tendre la main pour l'en tirer. Ils avaient traversé aussi beaucoup de sentiers piétinés par des animaux de grande taille. Le jeune Anglais disait re-

connaître l'empreinte des pas d'ours, de loups, de
caribouts et de bêtes plus petites, mais ils n'aperçurent aucun de ces animaux.

Cependant, le jour avançait et il fallait songer à
trouver une place sûre pour y passer la nuit. La
pointe de terre semblait convenable pour cela. Là,
du moins, ils n'auraient à se garder que d'un côté.
Après bien des détours pour éviter les ruisseaux
fangeux, trop larges pour être franchis d'un bond,
ils parvinrent au pied de la colline dont la pointe,
qui s'avançait dans l'étang, n'était que le prolonge-
ment, et gagnèrent celle-ci en marchant sous bois. A
mesure qu'ils approchaient de son extrémité la forêt
devenait moins épaisse, et enfin, sur la pointe même,
le rocher effleurait presque la terre. On le sentait
sous la couche de lichen et de mousse, qui le couvraient.

— C'est ici une bonne place, dit John Reed en
examinant les lieux.

— Je suis de votre avis, John, répondit Paul
Gallais.

— Si nous mangions un morceau de jambon? proposa l'Anglais en portant la main à son sac.

— Volontiers, et le petit mousse atteignit ses
vivres. John voulut s'emparer de la bouteille d'eau-
de-vie. Mais le premier la lui enleva lestement des
mains.

— Non, non, John, lui dit-il d'un ton décidé.
Assez bu comme ça pour aujourd'hui.

— Oh! oh! mais..... mais, répète l'Anglais étonné
de cette résistance et frappé de l'air rassuré de son

compagnon dans cette solitude où il n'y avait point de secours à attendre.

— J'ai soif, moa, dit John, le regard étincelant.

— Voilà de l'eau, répondit Paul Gallais sans s'émouvoir en montrant l'étang.

— Boire de l'eau, pouah! s'écria le premier avec horreur, et philosophiquement il prit son flacon de tafia et en but un coup.

— J'aimais mieux l'eau-de-vie de vous, ajouta-t-il en présentant le flacon au petit mousse.

— Je n'ai pas soif, répondit celui-ci en le repoussant.

— Vous avoir pas soif? oh! oh! ah!.... Moa, avoir toujours faim et soif.

— Tant pis pour vous, John, mais vous ne boirez plus de mon eau-de-vie, dit Paul Gallais, qui avait en horreur les ivrognes.

Alors, John Reed voulut s'emparer du jambon, comme il venait de faire pour la bouteille d'eau-de-vie, mais le petit mousse le lui prit aussi des mains.

— Pourquoi ne mangez-vous pas votre saumon fumé? dit-il.

— J'aimais mieux le jambon, répondit l'Anglais.

— Et moi aussi, répondit le petit mousse, qui ajouta, choqué de la goinfrerie et de l'ivrognerie de son compagnon : chacun pour soi.....

— Je croyais que tout était en commun entre nous, dit John Reed tout déconcerté.

— Oui, oui, à la condition, toujours comme chez les Anglais, que les autres mettent ce qu'ils ont en commun et eux rien.

— John Reed devint pourpre, serra les lèvres, mais ne répondit pas.

Ce n'était ni par gourmandise ni par égoïsme que Paul Gallais refusait un morceau de jambon à John; il n'avait pas ces vilains défauts. Mais il était révolté de voir l'Anglais tomber toujours sur ses provisions et s'attribuer ce qu'il avait de meilleur sans jamais offrir de partager les siennes. Le petit mousse, en sa qualité de breton, détestait les Anglais dont son pays avait tant eu à souffrir. Il se disait :

— C'est bien comme cela que sont toujours les Anglais, la grosse part pour eux et la petite pour les autres, et, encore, s'ils en laissent, et il ajouta à haute voix, comme s'il eût été dans un carrefour de la Houle :

— Tu mangeras ton saumon fumé, si tu veux; mais tu n'auras plus de jambon, John Bull..... As-tu vu comme il se gêne?....

A cette épithète de John Bull jetée à sa face comme une injure, John Reed devint pourpre et fut sur le point de donner une gifle au petit mousse, mais il se contint devant la faiblesse de l'enfant. C'eût été trop lâche de le frapper, lui de beaucoup le plus fort; et, en définitive, le jeune Anglais, malgré ses vilains défauts, n'était pas un lâche. Cependant on ne peut dire comment cela se fut terminé, car Paul Gallais rouge comme un coquelicot et le regard enflammé n'avait pas l'air disposé à céder et continuait de fourrer ses victuailles dans sa gibecière, lorsque deux cris rauques et stridents, poussés par les deux gros oiseaux perchés à la cime des sapins vinrent attirer l'attention des deux enfants. D'un mouvement spontané, ils furent debout, leur fusil en mains.

Ils cherchèrent d'où provenaient ces deux cris plus perçants qu'effrayants et ne virent rien d'abord. Mais tout à coup John tendit la main vers l'extrémité méridionale de l'étang, en s'écriant :

— Là, là-bas! voyez-vous, Paûl?

— Oui..... qu'est-ce que ce volier de gros oiseaux?

— Des outardes, Paûl, des outardes. Oh! si nous pouvions en tuer chacun une, quel bon souper nous ferions!....

— Mais ce n'est pas du côté d'où elles arrivent que sont venus les deux cris que nous avons entendus, fit observer le petit mousse.

— Ce ne sont pas les outardes non plus qui les ont poussés, répondit John Reed. Regardez les deux oiseaux posés sur les sapins de chaque côté de l'étang, en face de nous.

— Je les vois, répondit Paul Gallais.

— Eh bien! examinez ce qu'ils vont faire. Ils sont là depuis longtemps à guetter une proie, et justement la voici qui leur arrive. Ces deux aigles vont attaquer les outardes, qui n'ont pas entendu leurs cris et qui s'approchent sans défiance. D'ailleurs, elles les eussent entendus que c'eût été la même chose. Cachons-nous dans les broussailles et nous allons assister à une belle chasse; je ne dis pas à un beau combat, car les malheureuses outardes ne savent pas se défendre.

Les deux jeunes garçons se cachèrent dans les

broussailles, leur fusil à la main et attendirent l'issue
de la lutte qui allait s'engager.

III. — L'étang. Les outardes et les deux aigles. Le rôti. Première nuit dans la forêt.

Cependant les outardes, au vol relativement lourd,
au coup d'aile lent et régulier, s'avançaient vers la
pointe où étaient embusqués Paul Gallais et John
Reed. Elles se dirigeaient, sur une seule ligne, vers
l'ouest de l'étang dont la rive formée d'ondulations
entrecoupées de bryas était couverte de bruyère aux
baies violettes et capiteuses dont elles sont friandes.
Elles approchaient sans défiance et sans précipita-
tion, sachant que, là-bas, devant elles, la table les
attendait toute servie. Déjà Paul Gallais et John
Reed pouvaient les compter. Il y en avait bien cinquante qui marquaient comme une traînée noire sur
le ciel d'un blanc d'opale rosée. Le silence était
profond dans cette solitude. Les oiseaux aquatiques
avaient cessé leurs cris et beaucoup avaient disparu depuis que les aigles avaient annoncé leur présence et qu'il leur fallait une proie. La cime des
hauts sapins ne faisait pas pressentir la brise la plus
faible dans les couches supérieures de l'air. La surface de l'étang, à peine ridée par les brises folles des
couches inférieures de l'atmosphère, produisait,
cependant, un tout petit flot qui venait expirer sans
bruit dans les grandes herbes de la rive. La nature,
à l'approche du soir, paraissait s'endormir.

Tout à coup, les deux cris rauques et perçants
retentirent à la fois et vinrent jeter l'alarme dans le

volier d'outardes, qui, d'effroi, se coupa en deux. Une des parties robroussa chemin, tandis que l'autre s'éleva de plus en plus dans l'air et continua sa route.

Le volier était sans doute commandé par deux chefs qui avaient chacun une tactique différente pour échapper au danger : cela se rencontre souvent aussi dans les armées.

En ce moment, les deux aigles abandonnèrent la cime de leur arbre. L'un chercha à couper la retraite aux outardes qui retournaient en arrière ; l'autre se jeta entre les deux parties du volier pour les empêcher de se rejoindre. Puis, étant parvenus à leurs fins, ils s'élevèrent en battant l'air de leurs ailes à l'immense envergure et vinrent se placer chacun directement au-dessus d'un des voliers. Alors, pliant leurs grandes ailes et les serrant le long de leur corps, ils se laissèrent tomber avec la rapidité d'un trait vigoureusement décoché, l'un sur le premier volier, l'autre sur le deuxième. Le désordre se mit parmi les outardes et la débandade commença. Elles s'enfuirent éperdues, chacune de son côté, pour échapper aux serres de leurs impitoyables ennemis. Mais ce fut en vain. Chaque aigle en s'abattant brisa le crâne d'une outarde d'un coup de son terrible bec crochu, et, avant qu'elle fût tombée dans l'étang, la saisit de ses puissantes serres et l'emporta dans la forêt.

Le sacrifice était fait ; les autres outardes, désormais tranquilles jusqu'à la rencontre de nouveaux ennemis, se réunirent et continuèrent leur vol vers l'ouest, sans obstacle, mais non sans danger d'une autre nature. Craignant sans doute d'être aperçues d'autres oiseaux de proie, embusqués comme les premiers, si elles volaient au-dessus de l'étang, elles en suivirent les contours en rasant les arbres qui couvraient les collines et vinrent passer en volier compact précisément au-dessus de la pointe où John Reed et Paul Gallais se trouvaient.

Tous les deux étaient prêts. Le jeune Anglais avait coulé une balle dans son rifle et Paul Gallais avait jeté une douzaine de chevrotines dans chacun des canons de son fusil. Comme si le mauvais sort des pauvres outardes les eût poussées, elles abaissèrent encore leur vol en approchant de la pointe et présentèrent une masse serrée qui ne laissait pas de jours. John Reed ajusta avec ce sang-froid qui est une des forces de l'anglo-saxon. Il tira et une outarde traversée par une balle, tomba comme foudroyée. Paul Gallais, à son tour, tira ses deux coups de fusil dans le volier, mais au hasard et sans ajuster. Quatre outardes s'abattirent, deux dans l'étang et deux sur la pointe. Mais les premières n'étant que blessées, s'éloignèrent en nageant et furent perdues.

Hurrah! hurrah!.... crièrent les deux jeunes garçons en courant ramasser leur gibier.

John Reed s'empara sans façon des trois outardes tuées comme si elles lui eussent appartenu.

— Voilà toujours notre souper assuré, dit-il.

Paul Gallais le laissa faire. On est ordinairement généreux dans le succès et le petit mousse était celui des deux qui en avait eu le plus.

— As-tu mangé de l'outarde une fois seulement dans ta vie, Paûl? demanda l'Anglais.

— Jamais! de l'oie, oui, à Cancale. Mais chez nous on ne connaît pas l'outarde.

— Eh bien! tu vas juger comme c'est bon. Pourtant, moâ, je préférerais un rosbeaf. Mais il n'y en a pas ici. Ah! si c'était à Saint-Jean.....

John avait, quelque temps auparavant, fait un séjour dans la capitale de Terre-Neuve et en avait rapporté les meilleurs souvenirs.

— Tu vas les plumer et les vider, Paûl, reprit-il en montrant les oiseaux en tas sur la mousse, moi, je vais couper du bois et préparer un foyer pour les faire rôtir.

La perspective de faire un copieux repas rendait le jeune Anglais familier et bon garçon, quoique toujours rogue et impérieux au fond. Du reste, il avait fait maintes excursions dans la forêt où il avait souvent vécu de sa chasse plusieurs jours de suite. Il ne s'y trouvait nullement embarrassé et savait se débrouiller, comme l'avait dit son oncle Powel. En peu d'instants il eut ramassé une bonne provision de rondins. Il les arrima ensuite perpendiculairement et y mit le feu en dessous après les avoir entourés de mousse et de terre de manière à faire du charbon pour que leur rôti ne prît pas goût de fumée en cuisant.

Puis, il se mit à la recherche de baies de bruyère. Pendant ce temps le petit mousse qui avait appris à plumer les volailles à bord de l'*Alexandre*, plumait et

vidait une outarde qu'il montra ensuite élégamment
troussée à John Reed.

— C'est bien, Paûl, dit le jeune Anglais d'un air
de satisfaction, et, lui présentant une deuxième
outarde, continuez, ajouta-t-il.

— Pourquoi faire? demanda Paul Gallais.

— Pour notre souper..... tu ne veux donc pas
manger d'outarde, toi?

— Ah! mais, oui, répondit le petit mousse.

— Alors prépare encore celle-ci, car, de la première, il n'y a que pour moa.

Paul Gallais s'exécuta gaiement et pluma une
deuxième outarde. Pendant qu'il s'occupait ainsi,
John Reed, assis sur la mousse, nettoyait et éplu-
chait ses baies de bruyère et en farcissait son
outarde. Lorsqu'il l'en eut gonflée comme un bal-
lon, il ferma l'abdomen de l'oiseau avec de fines
épingles de bois, qu'il tailla avec son couteau.

— Voilà, dit le petit mousse en lui présentant
l'outarde disposée comme la première.

— Well, well!.... répondit l'Anglais. Maintenant,
si tu veux manger un morceau délicat, remplit le
ventre de ton outarde comme tu viens de me voir
faire pour la mienne. Un peu plus loin, la pointe sur
laquelle nous sommes est couverte de bruyère, tu
auras bien vite cueilli ce qu'il te faudra.

Toujours le même; l'égoïste John avait bien farci
la pièce qu'il se réservait et qu'il avait choisi la
plus jeune et la plus grasse, mais il laissait au petit
mousse le soin d'arranger la sienne. C'était déjà beau-

coup de sa part de lui donner un conseil qui pouvait lui servir.

John Reed ne restait pas inactif, cependant. Comme il devait profiter de la peine qu'il prenait, il montrait même beaucoup d'activité et d'ingéniosité. C'est ainsi que tout en surveillant son espèce de four à charbon pour empêcher celui-ci de trop se consumer, il coupait plusieurs jeunes sapins, les ébranchait, les dépouillait de leur écorce et les enfonçait dans la terre. Puis, il confectionna une broche dont il appuya chaque bout sur un crochet des bâtons formé par une branche coupée à quinze centimètres du tronc. Il avait choisi pour piquer ses bâtons dans la terre une place où le rocher faisait saillie. Cela donnait assez bien l'idée d'une cheminée, le rocher en faisait le fond et les deux bâtons y remplaçaient les landiers. Il prit alors les fines lanières de ses grandes guêtres et s'en servit pour attacher les outardes à la broche, qu'il posa ensuite transversalement sur les crochets.

Tout n'était pas fini encore. Il s'agissait de ne pas perdre la sauce du rôti et John se grattait l'oreille d'un air embarrassé. Mais quoique maussade et égoïste, il était intelligent et ingénieux. Il avisa un gros bouleau. Il saisit la hachette de Paul, courut à l'arbre, l'abattit et lui enleva un large morceau d'écorce. Il fendit ensuite au milieu et à chaque bout seulement ce morceau d'écorce, appliqua les deux côtés de l'écorce l'un contre l'autre et les attacha solidement. Il élargit ensuite l'écorce au milieu au moyen d'une traverse de bois qui la maintint dans

cette position tout en forçant les deux extrémités à
se relever. Cela présentait une espèce de petite
auge, assez grande pour recevoir la graisse des
outardes sans la laisser couler.

— Voilà, dit-il, d'un air satisfait au petit mousse en
montrant son invention. Puis, s'étant assuré que ses
deux landiers étaient solides, que la broche tournait
bien sur les deux crochets, il ouvrit son four à
charbon, poussa la braise dans son foyer, l'étala en
arrière des outardes, plaça son auge en avant, sépa-
rée du feu par une grosse pierre pour l'empêcher de
s'enflammer et se mit à tourner la broche.

Paul Gallais le regardait faire avec admiration. Au
bout de vingt minutes le rôti commença à répandre
une odeur exquise.

— Oh! si nous avions du sel, dit John en soupi-
rant.

— En voici, répondit Paul Gallais en cherchant
dans sa gibecière.

— Mais tu es donc une petite femme de ménage,
toi! s'écria le jeune Anglais en soupoudrant les
outardes de quelques pincées de sel.

En moins d'une heure, les deux outardes furent
cuites à point. Pendant qu'elles achevaient de prendre couleur, John choisit de belle mousse bien fraîche. Il la nettoya de tous les corps étrangers qui s'y
trouvaient, l'étendit de manière à former un petit
tapis d'égale épaisseur dans toutes ses parties, et le
tassa en pesant dessus avec les mains. Cela lui
donna assez de consistance pour qu'on pût le sou-
lever par un bout sans qu'il se sépara. Il débrocha

alors ses outardes, les posa sur le tapis, plaça celui-ci sur un petit exhaussement du sol, mit le saucier auprès et s'assit en face.

Voilà un gaillard, qui n'est pas embarrassé, pensait Paul Gallais, et il s'empressa de placer le contenu de sa gibecière sur la table improvisée. Il présenta alors sa bouteille d'eau-de-vie au jeune rôtisseur, trouvant sans doute qu'il méritait bien cette récompense. John Reed ne se fit pas prier et but un bon coup d'eau-de-vie. Malheureusement, la bouteille sonnait le creux et il n'en pouvait être autrement après les abondantes saignées que lui avait fait subir le jeune Anglais.

Après avoir bu et rendu la bouteille à son propriétaire, John Reed s'empara de l'outarde qui avait la mine la plus engageante et y mordit à belles dents, sans prendre la peine de la découper. Moins pressé, Paul Gallais découpa la sienne comme il avait vu faire pour les poulets à bord de l'*Alexandre*. Le jeune Anglais refusa le biscuit que lui offrait son compagnon ; mais il eût répugné à celui-ci de manger de la chair sans pain ni biscuit.

Les outardes farcies de baies de bruyère qui leur donnaient un arôme particulier, rôties au grand air devant un feu de braise incandescente, étaient un manger exquis. John Reed dévorait son outarde en mordant toujours à même. Cette manière de se nourrir rappelait la bête et Paul Gallais, qui souriait en le regardant, pensait à son chien, Poil-Roux.

Quant au petit mousse, il avouait n'avoir jamais rien mangé d'aussi bon, qu'il y avait loin de ce rôti

succulent et parfumé aux matelottes presque sans
beurre de la maisonnette de la Houle!....

— Comme Louisette se régalerait! pensait-il, re-
grettant que sa petite sœur n'en eût pas autant pour
son souper.

Cependant, John Reed finissait de dévorer son
outárde et il jetait de côté des regards de convoitise
sur celle du petit mousse, qui n'allait pas si vite en
besogne. Mais Paul Gallais, prenant exemple sur son
compagnon, devenait égoïste et n'était pas disposé à
se priver d'une bouchée pour lui. Quand il fut ras-
sasié, il ramassa ce qu'il laissait, et l'ayant enveloppé
de mousse, il le fourra au fond de sa gibecière.
L'Anglais n'osa pas lui demander de lui abandonner
ses restes, ou plutôt l'orgueil le retint.

Pendant le souper des deux petits voyageurs, le
soleil avait continué sa course, et comme John ava-
lait sa dernière bouchée, il touchait à l'horizon. Le
four à charbon était éteint, mais quelques morceaux
de bois du premier foyer fumaient encore. John
Reed les approcha les uns des autres et ils ne tardèrent pas à s'enflammer.

La vue qu'ils avaient de cet endroit était pittoresque, mais sauvage. Le soleil couchant rougissait
le sommet des collines d'en face que l'étang réfléchis-
sait, tandis que celles du côté où se trouvaient John
et Paul projetaient leur ombre presque noire sur la
nappe d'eau, unie comme un miroir, ce qui faisait
penser à des profondeurs insondables. On entendait
frémir la brise dans les hauts sapins et des cris rau-

ques, parfois de véritables hurlements arrivaient du fond des bois.

Paul Gallais n'avait jamais assisté à ce spectacle qui l'impressionnait plus que les scènes les plus dramatiques de la banquise. Cependant, il n'avait pas peur. Mais, lorsque John lui dit avec ce flegme dont il ne se départissait jamais.

—Ce sont des loups dont nous entendons les hurlements lointains.

— Des loups? répéta le petit mousse dont les oreilles se dressèrent.

— Et nous allons passer la nuit sur cette pointe, continua John, cherchons-y une place à l'abri du vent et où la mousse soit épaisse et pas trop humide.

Paul Gallais sentit un frisson lui parcourir le corps. Il était habitué aux émotions de la mer, et une tempête ne lui faisait pas peur. Mais passer toute une nuit dans cette solitude sauvage, au milieu de ces bois peuplés de bêtes féroces dont on entendait les hurlements, cette perspective lui causait un certain malaise.

Une chose qui le préoccupait plus encore, c'était la lettre dont il était porteur et qui n'arriverait pas à temps s'il s'arrêtait, s'égarait ou s'il lui arrivait quelqu'accident. Au même instant et comme pour justifier ses appréhensions, un froissement se fit dans les broussailles comme si un animal assez fort les traversait et un hurlement se fit entendre sous bois à une petite distance. Paul Gallais tenait déjà sa hache levée et John Reed allongeait le bras pour saisir son rifle. Malheureusement, les fusils appuyés contre le tronc d'un bouleau étaient hors de la portée de la main.

Pendant ce temps, le loup s'était approché, et, la tête passée entre les broussailles, il les regardait d'un œil ardent et les oreilles toutes droites. Il paraissait même se baisser sur les jarrets comme pour s'élancer. Et il n'était pas seul de sa bande. Des mouvements qui agitaient çà et là les broussailles indiquaient la présence d'autres individus de son espèce. Le danger devenait menaçant et rien pour se défendre, car Paul Gallais ne pouvait pas grand'-chose avec sa hachette, ni le jeune Anglais avec son coutelas.

John Reed jetait des regards scrutateurs autour de lui, comme s'il cherchait à découvrir une arme meilleure. Tout à coup ils tombèrent sur les tisons qui brûlaient encore. Il saisit le plus ardent, l'agita dans l'air pour le ranimer et le lança avec force à la tête du loup. L'air fit flamber le tison qui projeta en même temps des milliers d'étincelles. Atteint en pleine face, le loup s'enfuit en poussant des cris de douleur, et le tison, en tombant, mit le feu au buisson derrière lequel se tenait l'animal féroce.

—Bravo! John, ne put s'empêcher de crier le petit mousse.

Au mouvement qui se produisit dans les broussailles, il devint évident que le loup était bien accompagné.

— Nous voici débarrassés des loups pour cette fois, mais avant que la nuit soit passée, nous aurons encore leur visite, dit John.

— Chargeons nos fusils, proposa Paul Gallais.

— Nos fusils et rien, c'est la même chose, répondit John.

— Que faire alors ? demanda le petit mousse.

— S'il y avait ici de grands sapins, comme je sais où il s'en trouve, je dirais : montons chacun dans le nôtre, et si les loups reviennent nous les recevrons à coups de fusils, mais il n'y en a pas un seul capable de nous offrir un refuge. J'en aperçois bien là-bas, mais il serait imprudent de nous y rendre avec les hôtes qui nous entourent. Ce que nous avons de mieux à faire c'est de couper une bonne provision de bois et d'entretenir du feu jusqu'au jour.

—A l'ouvrage donc, dit Paul Gallais en attaquant un jeune mélèze à coups de hache, pendant que John Reed coupait des branches de sapins avec son coutelas.

IV. — Les loups.

En peu de temps, les deux jeunes garçons eurent coupé un bon tas de bois et de bourrées de branches de sapins suffisant pour entretenir du feu toute la nuit. John Reed disposa son feu de manière à brûler lentement tout en produisant une clarté assez forte, qu'augmentait une branche résineuse de sapin jetée de temps en temps sur le brasier. Les fusils furent chargés à balle et leur batterie enveloppée de mousse séchée devant le feu pour les préserver de l'humidité. Toutes leurs dispositions prises pour avoir le bois sous la main et pour que le feu ne s'éteignit pas, faute de combustible, Paul Gallais et John Reed se couchèrent auprès du brasier en se couvrant de ramure de sapin pour se garantir de la brise presque glaciale. Assurément, leur position n'était pas gaie ni leurs réflexions non plus, mais ce qui occupait plus encore que les loups l'esprit du petit mousse, c'était la lettre pour M. Duport. Il la sentait là, sur sa poitrine, dans la poche de sa vareuse de laine bleue, et il lui semblait qu'elle s'y agitait comme impatiente de parvenir à son adresse. Il y portait la main à chaque instant pour s'assurer qu'il ne l'avait pas perdue et qu'elle était toujours à la même place. Il aurait voulu être au jour pour continuer sa route sans désemparer, dût-il laisser son compagnon en arrière. Sa préoccupation était si grande à cet égard, qu'il oubliait un peu les loups et le danger qui les menaçaient.

Cependant, les forces physiques et morales sont bornées. Les deux jeunes gars n'en pouvaient plus de fatigue et le sommeil les gagnait l'un l'autre.

John Reed alimenta de bois le feu pour une bonne durée de temps, puis il se mit à son aise et se disposa à dormir, avec l'insouciance du jeune âge pour le danger.

Paul Gallais en fit autant. Tout en pensant que John avait de bien vilains défauts qui le rendaient peu aimable, il lui reconnaissait aussi des qualités qui en faisaient un compagnon précieux dans ses situations difficiles. Il ne pouvait refuser de lui reconnaître aussi du courage, de la réflexion et beaucoup de sang-froid. Ce fut l'esprit ainsi occupé de son camarade que le sommeil s'empara de lui. Il aurait dormi sans doute longtemps s'il ne se fut senti tirer par une jambe. Il rouvrit les yeux.

— Paûl, Paûl, lui disait John d'une voix contenue, regardez, mais, surtout, ne bougez pas.

Le petit mousse obéit, et, à la lueur du feu qui se mourait, il vit les têtes d'une demi-douzaine de loups qui dépassaient les broussailles à quelques pas en face d'eux.

— Ne bougez pas, Paûl, ne bougez pas; il y va de notre vie.

Pendant que John Reed faisait cette recommandation, le petit mousse remarquait que si sa tête ne remuait pas, ses bras ne restaient pas inactifs. Il le vit ramener son fusil le long de son corps, le placer le bout du canon à ses pieds et la crosse sur sa poitrine.

En ce moment, le brasier ne projetait plus qu'une toute faible clarté. Les loups, dont ils devinaient les têtes plus qu'ils ne les voyaient réellement, et dont ils entendaient les dents claquer les unes contre les autres, firent un mouvement en avant. D'autres loups qu'on ne voyait pas, hurlaient à petite distance. La situation était critique et Paul Gallais tremblait de tous ses membres. Il voulut prendre son fusil placé auprès de lui.

— Ne bougez pas, Paûl, dit John d'une voix impérieuse. L'accent de la voix indiquait assez que le jeune Anglais reconnaissait la gravité du danger. Le loup qui leur faisait face se montra tout à fait. Au

même instant, le fusil de John partit et l'animal fit
la culbute. Au bruit de la détonation et à la flamme
de l'explosion, un bruissement étrange se produisit
dans les broussailles. Tous les loups qui entouraient
les deux jeunes gars décampèrent, entraînant dans
leur fuite d'autres loups moins hardis et restés dans
le fourré.

— Les voilà partis encore une fois, dit John avec
son flegme habituel, mais il était grand temps de
nous réveiller. Il jeta sur le feu une grosse bourrée
de branches résineuses, qui s'enflammèrent aussitôt.

— Voyez-vous, Paûl, continua-t-il, nous nous
sommes endormis, le feu est tombé faute de bois, les
loups se sont approchés et ont failli nous dévorer.
J'aurais dû prévoir ça. Nous ne dormirons plus, à
l'avenir, tous les deux à la fois.

— Mais, comment avez-vous connu leur présence,
John, puisque vous dormiez? demanda Paul.

— C'est un de ces particuliers là, qui me soufflait
sur la figure avec son haleine qui m'a fait ouvrir les
yeux. Heureusement, je n'ai pas remué, sans cela
c'en était fait de vous et de moi. Mais, j'ai pu en allongeant doucement la jambe donner un coup de
pied dans les tisons qui brûlaient encore, cela a produit une assez vive lueur, qui a suffi pour mettre ces
lâches en fuite.

— Ces lâches! répéta Paul..... Au fait, pourquoi
ne se sont-ils pas rués sur nous pendant que nous
dormions?

— Par peur, Paûl, par défiance. Nous voyant immobiles, ils ont soupçonné un piége, et leur soupçon

est devenu une certitude en nous sentant vivre. Notre immobilité les a tenus en respect, mais si nous eussions bougé, si nous nous fussions levé sur notre séant, ils se seraient précipités sur nous et nous eussent dévorés.

Quelle que fut la vraisemblance de l'explication de John Reed, Paul Gallais le crut et admira une fois de plus son étonnant sang-froid et son courage. Son antipathie pour lui diminuait.

La nuit s'acheva sans autres incidents. Ceux qui venaient de se produire étaient bien assez émouvants, du reste. Paul Gallais et John Reed n'avaient plus sommeil, et le feu bien entretenu de broussailles, éloigna tout à fait les loups dont les hurlements se perdirent peu à peu dans la profondeur de la forêt.

Lorsque le jour parut, il faisait une brume si épaisse que Paul ne pouvait voir John seulement à longueur du bras. Il était impossible de se mettre en route, quelque bonne envie qu'ils en eussent. John Reed profita de ce loisir forcé pour écorcher le loup qu'il avait tué. Il le traîna hors des broussailles auprès du feu qu'il ranima en y jetant quelques rondins et des branches de sapin.

Le loup était un animal dans toute la beauté de la jeunesse. Sa peau devait faire une fourrure magnifique. La balle lui avait traversé le cœur et ne l'avait pas autrement abîmé.

— C'est un beau coup de fusil que vous avez fait là, master John, et bien des chasseurs de mon pays seraient fiers, à votre place, dit le petit mousse.

— Oh! comme çà, répondit John Reed avec une

feinte modestie, mais son naturel orgueilleux reprenant le dessus, il ajouta aussitôt : mais ce n'est pas le premier.....

— Vous avez tué plusieurs loups? demanda Paul Gallais.

— Oh! oui, beaucoup, et l'année dernière j'ai tué, moa seul, un ours blanc dont une des pattes de devant était large comme çà, et John Reed montra la moitié de la longueur de son bras.

— Il y a donc des ours blancs dans ces bois? demanda le petit mousse qui se rappela les transes de la nuit dernière.

— Au printemps seulement, on en rencontre quelquefois, répondit le jeune Anglais avec une suprême indifférence, mais à l'époque où nous sommes, il n'y a plus que de petits ours bruns.

— Blancs, bruns ou d'une autre couleur, pensa le petit mousse encore impressionné par la visite nocturne des loups, j'aime mieux n'en pas rencontrer.

Quoiqu'il en fût du plus ou moins de véracité de l'assertion de John, la manière expéditive dont il faisait preuve en écorchant le loup, montrait qu'il n'en était pas à son coup d'essai. Lorsqu'il eut fini, il étendit la peau, devant le feu, sur la broche qui avait servi aux outardes, la veille, et la laissa sécher. Puis, il ouvrit le corps du loup, lui coupa le filet et le fit griller sur des charbons ardents.

Est-ce qu'il en mangerait? se demandait Paul Gallais en le regardant faire.

Il en mangea, le jeune Anglais, et même il n'en laissa pas. Paul Gallais déjeuna d'une galette de bisouit et des restes de l'outarde qu'il avait soustraits, la veille, à la voracité de John Reed.

— Dépêchons-nous, John, que nous nous remettions en route, dit-il après avoir fini.

— Où voulez-vous que nous allions avec une brume pareille? demanda celui-ci.

— Et ma lettre, il faut qu'elle arrive..... Il faut partir!....

— Oui. Quand la brume sera dissipée.

— Et si elle dure quinze jours?.... Vous ne pourrez pas manger toujours du loup et nous mourrons de faim.

La crainte de mourir de faim décida John Reed. Il laça ses grandes guêtres et les boucla, rajusta ses vêtements et visita son rifle. Paul Gallais en fit autant.

Enfin, ils quittèrent cette pointe où ils avaient éprouvé tant d'émotions diverses et descendirent la montée. Mais, lorsqu'ils eurent fait une centaine de pas sous bois, impossible de savoir de quel côté avancer, et la brume était si épaisse qu'on ne devinait même pas où était placé le soleil. Paul Gallais atteignit sa boussole et la consulta.

— Oh! s'il n'y a que votre petite machine pour nous diriger, nous sommes bien sûrs de ne jamais arriver aux Gryais, dit John Reed avec son même dédain. Chassez le naturel, il revient au galop. Les dangers courus en commun depuis vingt-quatre heures pouvaient avoir atténué les défauts de John, mais ne l'en avait pas totalement débarrassé. Son orgueil d'Anglais était blessé d'avoir recours à un

objet qui ne lui appartenait pas et aux connaissances
d'un autre. Devoir un service à un petit mousse, à
un Français, plus jeune de trois ans, irritait son
orgueil britannique.

— Libre à vous de ne pas vous servir de ma boussole pour guider vos pas, maître John, répondit
Paul Gallais en prenant lui-même un air d'indifférence dédaigneuse, mais comme je m'en suis servi
jusqu'ici et que je sais par son moyen l'endroit de la
forêt où nous sommes, je continuerai à y avoir recours pour sortir de l'embarras où trop de confiance
dans vos connaissances nous a mis.

Le fait est que, jusqu'alors, le petit mousse avait
emboîté le pas de son compagnon, sé bornant seulement à contrôler sur son petit instrument la direction
qu'il lui faisait prendre.

— Eh bien! continuez, Paûl, dit John Reed avec
le même dédain.

Cependant, le petit mousse, qui ne faisait pas d'opposition pour le plaisir d'en faire, suivit machinalement son compagnon, qui, pour ne pas paraître embarrassé, marchait au hasard. Au bout d'une heure
de marche, à travers les halliers, les jeunes gens se
retrouvèrent à une place où ils reconnurent leurs
traces.

Paul Gallais eut un mouvement d'impatience; John
Reed lâcha un juron en anglais, mais ni l'impatience
de l'un, ni le juron de l'autre ne remédiaient à rien,
et la brume, toujours aussi épaisse, ne semblait pas
devoir se dissiper bientôt. Paul Gallais consulta sa
boussole, prit le devant, et sans mot dire, marcha

vers le nord-est. A son tour, John Reed le suivit machinalement.

— J'ai vu des brumes pareilles durer quinze jours, dit enfin John Reed.

— Que deviendrons-nous si celle qui nous enveloppe dure aussi longtemps? répondit le petit mousse.

— Il est vrai que c'était à l'époque des glaces, ajouta John Reed. Dans cette saison, il est rare qu'elle persiste plus d'un ou deux jours.

— Et ma lettre, dit le petit mousse en tâtant sa poche.

— Votre lettre, votre lettre, répéta John avec impatience, sans elle nous serions encore au Morne-Rouge..... Triste perspective que de mourir de faim dans ces bois ou d'être mangé par les loups!.... Et pas la moindre éclaircie dans ce brouillard épais comme du coton, pour abattre un gibier quelconque.

— Même un loup, vous qui en mangez, dit le petit mousse en riant.

— Sans compter que ces féroces animaux sont aussi dangereux par un temps de brume que par la nuit la plus obscure, répondit John d'un ton bourru. La gaieté de Paul Gallais lui agaçait les nerfs.

— Nous ferons bien de prendre nos précautions pour la prochaine nuit.

— Nous allons chercher un gros arbre et nous monterons dedans.

— Mais j'ai entendu dire, dans mon pays, que les loups ne sont pas embarrassés pour déraciner les plus gros, objecta le petit mousse.

— Nous les tuerons à coups de fusils, dit John Reed avec un regard brillant.

— Avec çà que nous verrions assez pour ajuster.

— C'est vrai, répondit John avec découragement. Le mieux est encore de couper beaucoup de bois et de branches de sapin et de faire un grand feu, toute la nuit.

— Oui, nous ferons plusieurs feux et nous nous coucherons au milieu.

— Et chacun de nous veillera à son tour, conclut John Reed.

En devisant ainsi, ils avaient parcouru sous bois à peu près un mille et se trouvaient arrêtés par un large brya. Ils ne savaient s'ils devaient essayer de le traverser ou de le remonter jusqu'à ce qu'ils découvrissent un gué ou un arbre tombé en travers. La brume de blanche devenait jaune. Le jeune Anglais, qui avait l'expérience du pays, ne s'y trompa pas.

— Paûl, s'écria-t-il en frappant joyeusement les mains, avant un quart d'heure nous n'aurons plus de brouillard.

— A quoi voyez-vous çà, John? demanda le petit mousse.

— A la couleur dorée de la brume, répondit l'Anglais.

Et comme pour prouver qu'il ne se trompait pas, un rayon de soleil perça la masse opaque qui se déchira et disparut presque instantanément.

— Ah! nous en voilà débarrassés, s'écria Paul Gallais en respirant plus à l'aise.

— Pour le moment, dit John comme pour atté-
nuer la joie de son compagnon, et il ajouta :

— Si nous mangions?

— Tirons-nous d'ici auparavant, dit résolûment
Paul Gallais. Je crois que la proximité de l'étang
est la cause principale de la brume. Eloignons-nous-
en le plus vite possible.

— Oui..... mais de quel côté aller?

— Rapprochons-nous de la côte.

— Nous en sommes à plus de dix milles, si je ne
me trompe, répondit John.

— Eh bien! qu'importe?.... raison de plus pour
marcher sans délai.

— Moa, j'ai faim, dit l'Anglais en s'arrêtant net.

— Moi aussi, mais je ne mangerai que lorsque
j'aurai fait la moitié du trajet.

Cela dit, le petit mousse consulta sa boussole et se
dirigea vers le nord-est. John le suivit de mauvaise
grâce, et en regardant la gibecière du coin de l'œil.
Ah! si elle n'avait pas contenu ce qui restait de leurs
vivres, il y a lieu de penser qu'il aurait laissé son
compagnon s'éloigner seul.

V. — Entre Anglais et Français. La séparation.

John et Paul firent encore un mille en suivant une
ligne perpendiculaire à l'étang. D'après l'estime du
petit mousse, ils devaient se rapprocher de la côte.
Ils arrivèrent à un carrefour formé par une colline
boisée qui venait finir en pointe dans la prairie par

laquelle s'enfuyait le brya, tandis que un sentier très piétiné par les bêtes, s'enfonçait du côté opposé dans la forêt. John Reed s'arrêta de nouveau, indécis.

— Faut-il suivre le brya ou le sentier? demanda-t-il.

— Je pense qu'il vaut mieux suivre le sentier qui se dirige vers la côte que le brya qui semble s'enfoncer dans la forêt, répondit Paul.

— Moa, je suis d'un avis opposé, répondit John en reprenant sa morgue habituelle, et je prétends qu'il vaut mieux suivre le ruisseau.

— Eh bien! suivez-le, dit Paul Gallais fatigué de l'opposition continuelle de John et de sa morgue impérieuse, moi, je choisis le sentier.

— Cependant, il vaudrait mieux ne pas nous séparer, Paûl.

— Je suis de votre avis, cette fois, John.

— Alors, venez par ici, dit l'Anglais en remontant le fil de l'eau.

— Non! suivez-moi, répondit Paul en s'enfonçant dans le sentier, ou bien allez à votre idée.

— Mais je n'ai plus rien à manger, fit John d'un air triste.

— Tant pis pour vous, exclama le petit mousse. Vous qui ne doutez de rien, il fallait prévoir çà. Chacun pour soi. D'ailleurs, qui vous force à me quitter, ajouta Paul Gallais en riant.

Le rire du petit mousse avait la vertu d'agacer les nerfs de John Reed. Il croyait deviner que son compagnon se moquait de lui et ne le prenait pas au sérieux, malgré son air grave et flegmatique. Une lutte se passait dans son esprit. Suivrait-il le petit mousse, qui, seul, avait encore des vivres, ou s'en séparerait-il? La crainte de mourir de faim dans les bois le portait à prendre le premier parti, mais son orgueil humilié de subir la volonté d'un autre le retenait indécis.

Cependant, Paul Gallais était impatient de continuer sa route, la lettre au capitaine du Duport semblait s'agiter dans sa poche à chaque minute perdue, à chaque retard par sa faute. Il se tourna vers John une deuxième fois.

— Venez-vous, John? lui cria-t-il d'une voix qui annonçait que sa patience était à bout.

— Non! répondit l'Anglais.

Paul Gallais prit dans sa gibecière trois galettes de biscuit sur six qui lui restaient encore et les mit au pied d'un arbre. Il plaça auprès la moitié du jambon et un morceau de carcasse d'outarde.

— John, dit-il d'une voix ferme, voici votre part. C'est juste la moitié de ce qui me reste. Quant à l'eau-de-vie, il n'y en a plus. Vous savez bien que vous avez achevé de vider la bouteille. Et, maintenant, suivez le brya, puisque c'est votre idée; moi, je m'en vais par le sentier. Et bonne chance.

Paul Gallais, son fusil sur l'épaule, sa gibecière sur le dos, sa hachette pendue à la ceinture, à la main un bâton fait de la tige d'un jeune sapin et dont il avait appointé les branches coupées à deux pouces de longueur, Paul Gallais, disons-nous, s'éloigna par le sentier d'un pas décidé.

— Ah, oh, ah, aie, ao!.... s'écria John en voyant que c'était pour de bon que son compagnon l'abandonnaît, mais il ne fut pas tenté de le suivre. Il ne manquait ni de courage, ni d'énergie, nous l'avons dit, et il aurait cru déroger à la dignité d'un bon Anglais de céder plus dans cette occasion qu'il l'avait fait dans les autres. Il s'approcha du sapin au pied duquel le petit mousse avait déposé les vivres. Il les examina et calcula dans sa pensée le nombre de jours qu'il pourrait vivre avec. Un hochement de tête de sa part exprima qu'il n'était pas très satisfait de son recensement. Cela ne l'empêcha pas de manger une galette de biscuit et un peu de jambon. Après ce léger repas, il parut réfléchir à sa position et s'orienta sur le soleil qui se montrait depuis que la brume s'était dissipée. Il passa ensuite l'inspection de son rifle et s'assura que la charge n'avait pas bougé. Il resserra ses grandes guêtres et sa ceinture, assujettit son sac sur son dos, plaça au-dessus la peau, roulée en paquet, du loup qu'il avait tué et se mit en route en remontant le cours du brya, sans même jeter un regard dans le sentier qu'avait pris Paul Gallais.

Nous laisserons John Reed s'en aller à l'aventure, comptant bien le retrouver plus tard.

VI. — Le petit mousse seul dans la forêt.
Une chasse au bâton.

Après avoir fait un bon bout de chemin, Paul Gallais prit le croquis sommaire de la côte que lui avait remis M. Legal et l'étudia, sa petite boussole à la main. Il se rendit assez bien compte de l'endroit de la forêt où il se trouvait, et vit que, grâce à son instrument, il s'était peu éloigné de la bonne route. Les Gryais ne devaient pas être très éloignés, et, en continuant à marcher dans la même direction, c'est-à-dire au nord-est, il devait atteindre celle de leurs baies qui s'avance le plus dans l'intérieur. Il se remit donc courageusement en marche sans même prendre le temps de manger un morceau.

N'eût été son isolement, cette marche sous bois n'était pas sans charme pour le petit mousse. On était en plein été, et les collines qui se succédaient régulièrement comme les sillons d'un vaste champ, étaient couvertes d'un splendide manteau de verdure où se remarquaient tous les tons les plus variés du vert, avec des fusions charmantes ou des oppositions invraisemblables.

Paul Gallais n'était pas insensible à ces beautés, mais il eût été plus heureux encore s'il avait pu faire part à quelqu'un de ses impressions. Pourtant, il ne regrettait pas l'absence de John Reed. Il lui semblait même respirer plus à l'aise depuis qu'il ne l'avait plus sur le dos, pour employer une expression vulgaire. Il marchait allégrement au nord-est, ne s'écartant de la ligne que lui indiquait sa boussole que lorsqu'il y était forcé. Le sentier, du reste, conservait le même aspect et la même largeur. Les pas des animaux qui y étaient empreints avaient à peu près la même forme fourchue. Quelques-unes, cependant, étaient plus petits et plus arrondis. Toutes ces pistes suivaient la direction opposée. Il n'y avait plus apparence de brume et le soleil dardait ses rayons blancs et dorés à travers la ramure.

Cependant, instruit par l'expérience, le petit mousse ne voulait pas passer la nuit dans cette épaisse forêt. Il chercha du regard une colline moins boisée où il put se ménager un gîte, quand le sentier déboucha tout à coup dans une belle prairie, et les collines à droite et à gauche, en s'écartant comme un éventail, lui laissèrent voir, en face, à un mille au plus, une croupe arrondie, couverte à quelque distance de son pied, d'un massif de magnifiques sapins, tandis que le sommet n'en portait aucun. La pensée de passer la nuit sur l'un de ces arbres lui revint. Il y serait toujours moins exposé que couché sur le sol et mieux placé pour se défendre. Il continua donc sa marche avec ardeur. Une demi-heure après il était au pied de la croupe et en commençait la montée à travers les broussailles. A mesure qu'il s'élevait, il entendait un ramage confus et assourdissant d'oiseaux, comme des centaines de moineaux qui pépiaient. Il pouvait croire que le sommet de la hauteur en était couvert. Ses provisions n'étaient pas assez abondantes pour négliger l'occasion de les renforcer. Il ne savait pas quels étaient les oiseaux qui pépiaient si bruyamment, mais quels qu'ils fussent, il pourrait toujours s'en nourrir. Il prépara son fusil, examina la capsule et se tint prêt à faire feu.

Après avoir traversé les broussailles avec beaucoup de peine, il arriva enfin sur le plateau. Là, il s'arrêta stupéfait, presque effrayé. Le plateau ou plutôt le sommet de la croupe était littéralement

couvert de voliers d'oiseaux, presque aussi gros que
des pigeons, qui volaient par bandes et comme affolés, se jetant les uns sur les autres ou s'abattant sur
le sol, tandis que d'autres s'envolaient en pépiant
comme des enragés.

Le premier mouvement de Paul Gallais fut d'é-
pauler son fusil et de tirer dans le tas, sans ajuster.
Une pensée soudaine l'arrêta. Sans se rendre un
compte exact du motif qui l'empêchait de tirer, il
craignit d'attirer par l'explosion l'attention sur lui.
L'histoire des sauvages qui rôdaient quelquefois dans
ces solitudes, racontée par le novice, lui revint à
l'esprit et il s'abstint de faire feu. D'ailleurs, les
oiseaux étaient si affolés, si tumultueux et si peu
effrayés de sa présence qu'ils venaient presque le
frôler du bout de l'aile dans leur vol éperdu. Il dé-
posa son fusil sur la bruyère qui couvrait le sol, et,
s'armant de son bâton à piquants, il se jeta dans la
mêlée. En quelques moulinets il eut assommé une
douzaine de ces oiseaux et il en eut jonché la terre
s'il ne se fut arrêté devant un massacre inutile.

Ces oiseaux ressemblaient un peu à la bécasse
pour la couleur du plumage, la forme du corps et le
bec effilé, mais ils avaient les pattes de la perdrix.
Paul Gallais reconnut en eux ces courlis de Terre-
Neuve dont il avait entendu parler comme d'un
manger exquis. Arrivant par voliers épais probablement de l'intérieur de l'île et peut-être bien des
solitudes de l'Amérique septentrionale, ils se jettent
avec avidité sur les baies de bruyère dont ils sont

très friands, s'en grisent et c'est ce qui explique l'affolement dans lequel ils étaient.

Le petit mousse avait eu affaire à une bande d'ivrognes. Il ramassa sa chasse et chercha une place convenable pour installer son foyer et mettre la broche, comme il avait vu faire à John Reed. Il n'avait que l'embarras du choix. Mais la même pensée qui l'avait empêché de tirer sur les courlis, le retint encore. Si la détonation de son fusil pouvait attirer l'attention des rôdeurs des bois, à plus forte raison la nuit, la clarté d'un feu allumé sur une hauteur en ferait autant. Cependant, il comptait bien manger du rôti à son souper. Il chercha donc une place qui lui offrit commodité et sécurité à la fois. Il ne tarda pas à trouver ce qu'il désirait.

A quelques pas plus bas, il découvrit, dans le flanc de la colline, un renfoncement entouré d'une épaisse végétation et surmonté d'un magnifique sapin solitaire, dont les larges branches formaient, au-dessus du renfoncement, un toit impénétrable aux rayons du soleil, et, par conséquent, à toute clarté venant d'en bas. A coups de hachette, il dégagea la place des broussailles qui l'obstruaient et s'y ménagea une place convenable. Comme il n'y a à Terre-Neuve ni reptiles, ni insectes venimeux, il travaillait sans inquiétude. Il eut bien vite disposé son foyer et sa broche à rôtir, profitant, à cet égard, de la leçon que lui avait donnée John Reed. Puis, il se mit à plumer et à vider ses courlis. Pour cela, il n'avait besoin des leçons de personne, mais il ne prit pas la peine de fabriquer un saucier ni de les farcir de baies de bruyère. Cela fait, il alluma son feu et embrocha une demi-douzaine de courlis. Une demi-heure après, ses courlis étaient cuits et répandaient leur bonne odeur autour de lui.

Ah! si John était ici, murmura-t-il en souriant, comme il se régalerait.

Quand il arrivait une bonne aubaine au petit mousse, il avait si bon cœur qu'il songeait toujours aux absents et aurait voulu la leur faire partager.

Si l'outarde lui avait paru un morceau de choix, le courlis lui sembla un morceau bien plus délicat et plus succulent encore. Il en mangea un, puis deux avec un quart de galette de biscuit et assaisonné d'un peu de sel. Il avait soif. Le babillage d'un petit ruisseau sous la ramure le guida. Il découvrit un mince filet d'eau, qui, après avoir couru sous la mousse, tombait non loin de là dans une espèce de vasque creusée dans la pierre tendre et profonde de deux ou trois pieds.

Paul Gallais but à longs traits de cette eau fraîche et limpide. Puis, il en remplit la bouteille vide d'eau-de-vie, qu'en garçon prévoyant, il avait apportée avec lui. Il revint ensuite à son foyer. Le soleil baissait rapidement. Les ombres du soir s'étendaient sur la prairie que dominait la colline où se trouvait le petit mousse. Il fallait songer à s'installer pour la nuit. Le gros sapin, qui surplombait l'encaissement qu'il avait choisi pour faire sa cuisine, lui offrait un refuge assuré et inaccessible aux bêtes féroces. Les branches de l'arbre, espacées à distances égales les unes des autres, comme dans la plupart des sapins,

commençaient à une hauteur suffisante du sol pour
qu'on n'eût point à craindre les atteintes des loups,
et un gaillard, qui avait déniché maints nids de pies
dans les grands arbres de son pays, ne devait pas
être embarrassé pour grimper à la cime de celui-ci.
Paul Gallais se décida donc à passer la nuit dans le
sapin.

VII. — Paul Gallais passe la nuit dans un arbre.

Le petit mousse pour plus de sécurité voulut faire
du feu toute la nuit, ne craignant pas qu'on pût en
apercevoir la lueur des alentours. Il abattit donc
deux ou trois sapins qu'il ébrancha et coupa ensuite
par tronçons. Il jeta plusieurs de ces rondins dans le
feu, qui s'éteignait, et il eut la satisfaction de les
voir brûler avec peu de flamme, mais en dégageant
beaucoup de fumée, ce qui éloigna les moustiques
fourrés dans le feuillage du sapin et qui devenaient
très incommodes. Il mit en tas les rondins et les
branches destinés à entretenir le feu de manière à
les avoir à sa portée, il garnit ensuite son foyer de la
quantité de combustible nécessaire à une bonne
partie de la nuit. Puis, il attacha bout à bout les
cordes et les courroies de son accoutrement, fixa
solidement à l'une des extrémités son fusil, sa gibecière, sa hachette, en un mot tout ce qu'il ne voulait
pas abandonner au pied de l'arbre, prit entre ses
dents l'autre extrémité de cette espèce de chaîne et
grimpa dans le sapin aussi facilement qu'un chat. A

moitié de la hauteur, à une place où les branches rayonnaient régulièrement autour du tronc, il attira à lui le paquet qu'il avait laissé en bas et accrocha aux branches les objets qui le formaient. Il eut soin de mettre à sa portée son fusil et sa hachette. Il choisit ensuite une place commode sur deux grosses branches rapprochées pour s'y asseoir, la gauche appuyée au tronc, auquel il s'attacha solidement, en vrai marin qu'il était.

Pendant tous ces apprêts, la nuit était venue et les étoiles brillaient au ciel. La brise était faible et faisait à peine osciller les cimes des arbres de la forêt. La fraîcheur de l'air était supportable. Les moustiques avaient à peu près abandonné le sapin dont la ramure feuillue retenait la fumée du feu qui brûlait en dessous. Le petit mousse, harassé de fatigue et d'émotions, faisait peu attention aux bruits de la forêt et à ce qui se passait autour de lui. Le sommeil le gagnait et il ne voulait pas y résister. Il savait que le jour suivant de grandes fatigues et peut-être des dangers l'attendaient, et il voulait avoir la force de les supporter. Il s'assura une dernière fois qu'il était bien attaché à l'arbre, et s'endormit l'âme en paix en songeant à ceux qu'il aimait, s'oubliant lui-même dans la situation singulière où il se trouvait.

Combien de temps dura son somme? Le petit mousse n'aurait pu le dire. Il en fut tiré par des cris perçants qui venaient du fond des bois, mais qui ne ressemblaient en rien aux hurlements qu'il avait entendus l'autre nuit. On les eut pris pour des signaux, pour des appels, tant étaient égaux les intervalles de temps qui les séparaient. En toute autre circonstance, Paul Gallais n'eut pas été réveillé par eux, mais il dormait en gendarme, c'est-à-dire une oreille et un œil ouverts. Aussi, dès le troisième cri, se redressa-t-il complètement éveillé. Son premier examen fut pour s'assurer que son *amarrage* n'avait pas bougé. Rassuré à cet égard, il jeta les yeux sur le feu. Le bois était brûlé, mais il y avait encore des charbons ardents dont la lueur rouge était suffisante pour tenir à l'écart les bêtes sauvages, s'il y en avait dans le voisinage.

Comme il n'y avait rien à faire, que l'aube ne s'annonçait pas encore, Paul Gallais changea de position pour se défatiguer et voulut se rendormir, mais le sommeil avait fui bien loin et ne revint pas.

VIII. — Etrange apparition. Est-ce un homme ou une bête ?

Le jour venu, il ne descendit pas de suite du sapin. Il n'avait pas oublié les cris qui avaient troublé son sommeil et la prudence lui conseillait d'examiner la campagne, autant que les arbres le lui permettaient, avant de se remettre en chemin. Il utilisa ce loisir forcé en déjeunant d'un peu de biscuit et d'un courlis froid, réservé de son rôti de la veille, et qu'il trouva excellent.

Il achevait son repas, lorsque, en allongeant le regard par une coulée qui s'étendait assez loin, entre deux rangées de collines, il aperçut quelque chose qu'il ne put bien définir. C'était un objet animé, haut comme un homme et de couleur rougeâtre. Cet objet traversa la prairie en trottant à petits pas saccadés. Etait-ce un homme, était-ce un animal? Paul Gallais n'aurait pu le dire. Cependant, il eut penché pour un homme, mais comme il n'en avait vu encore nulle part de semblable. Cet être bizarre disparut sous bois, mais un pressentiment disait au petit mousse qu'il allait reparaître. Il se renfonça donc dans les branches feuillues du sapin et attendit.

En effet, au bout de dix minutes, il vit venir, mais à une distance bien plus rapprochée que la première fois, l'objet qui avait attiré son attention. C'était bien un homme, mais un homme bien singulièrement accoutré. Il avait la figure rouge comme la teinture de rocou et barriolée de dessins bleus ; sur la tête, une espèce de toque de plumes blanches, rouges et jaunes. Ses bras étaient nus et la peau en était comme tailladée de coupures saignantes. Ses jambes, longues et fluettes, étaient entourées de bandelettes de peau, le poil en dehors. Il était chaussé d'espèce de brodequins également de peau, qui prenaient la forme de son pied. Enfin, il s'enveloppait d'une ample natte de paille rouge, hélas ! en lambeaux, sous laquelle apparaissait son torse-nu, rouge et couvert de dessins bleus comme sa figure.

Paul Gallais eut bien vite reconnu dans ce personnage un de ces sauvages rouges dont il avait entendu faire le portrait dans les veillées à bord de l'*Alexandre* et que l'on disait plus féroces que les

loups eux-mêmes. Il n'en fut pas plus rassuré. Son
premier mouvement fut de saisir son fusil et d'envoyer au sauvage une charge de chevrottines lorsqu'il serait à portée. Un bon mouvement l'arrêta.
Pourquoi tuer ou blesser cet homme qui ne lui voulait pas de mal, sans doute. Et, s'il tirait sur lui et
qu'il le manquât, ne s'en faisait-il pas un ennemi
mortel? Il laissa donc son fusil à sa place, et se mit
à observer les allées et venues du sauvage dans la
prairie.

Cet homme semblait chercher quelque chose sur le
sol, soit une trace de pas, soit une piste. Tantôt il
marchait lentement, le visage penché vers la terre.
Tantôt il examinait attentivement les broussailles,
puis se remettait en marche de ce petit trot saccadé
qui paraissait si singulier au petit mousse. Cependant, tout en s'avançant par zigzags, il se rappro-
chait de l'embuscade de Paul Gallais.

Le petit mousse avait entendu dire que les sauvages rouges de Terre-Neuve sont de dangereux
voleurs, envieux de tout et capables de tout pour se
procurer l'objet de leurs convoitises. Celui qu'il
apercevait trottant dans la prairie avait sans doute
le défaut des gens de sa tribu. Donc, s'il le décou-
vrait dans son arbre, il voudrait s'emparer de ce qu'il
possédait, et surtout de son fusil. Pour cela, il cher-
cherait à le faire descendre. Sur son refus d'obéir,
un combat, dont l'issue n'était pas douteuse, s'enga-
gerait entre le sauvage et lui. Le premier, il est
vrai, n'avait que son arc et ses flèches armées de
pointes aiguës, mais l'adresse des rôdeurs de bois

était bien connue de Paul Gallais, qui n'avait que son
fusil dont la portée était bien moins grande que
celle de l'arc du sauvage, car il n'avait pas de balles
pour le charger. D'ailleurs, l'indien caché dans le
sous bois, pouvait choisir sa place et viser à son
aise. Tout était à l'avantage de celui-ci.

Paul Gallais résuma tout cela dans sa pensée en
bien moins de temps que nous ne mettons à l'écrire.
Mais que faire? Dans un combat en forêt, c'est toujours l'attaque qui a l'avantage sur la défense. Son
bon sens le lui disait. Mais, fallait-il abandonner la
place où il était inattaquable, du moins de plein pied?
Non, sans doute, mieux valait rester dans son arbre
que d'en descendre pour tenter de s'enfuir. Les flèches du sauvage n'étaient pas inépuisables, et, une
fois les dernières lancées, il pourrait se remettre en
route en tenant l'indien à distance avec son fusil.

Sa résolution prise, il décrocha son fusil, glissa
quelques chevrottines dans les canons, changea les
amorces et le remit où il l'avait pris. Comme il achevait, un léger sifflement se fit entendre, un objet
long et grèle traversa les branches du sapin et vint
se fixer dans le tronc à un pied au-dessus de la tête
de l'enfant. C'était une flèche faite d'une espèce de
roseau, de trois pieds de long, armée d'un os aigu et
garnie de plumes à sa base. En même temps, un éclat
de rire guttural se fit entendre à petite distance dans
la forêt silencieuse. Paul Gallais était découvert et la
flèche, en passant aussi près de sa tête, montrait le
danger auquel il venait d'échapper et l'adresse du
rôdeur de bois. Il chercha à découvrir celui auquel il

servait de cible ; mais, malgré l'excellence de sa vue,
il ne put y parvenir. Il supposa seulement la direction dans laquelle il se trouvait par celle qu'avait
suivie la flèche pour lui arriver. Il pensa qu'en descendant de quelques pieds il serait moins exposé aux
traits du sauvage. Il déménagea donc et vint s'installer sur le troisième rayon de branches en dessous.
A cette place, il était moins en vue et moins facile à
viser. Entre les cimes des jeunes arbres que la brise
agitait faiblement, il pouvait voir ce qui se passait
dans la prairie et surveiller les alentours en glissant
son regard à travers le fourré, en tant qu'il ne le
masquait pas complètement.

Deux flèches qui traversèrent les branches du
sapin à la hauteur de la place qu'il venait d'abandonner, lui montrèrent qu'il avait bien fait d'agir
ainsi. Elles auraient pu le tuer ou le blesser griève-
ment. Le petit mousse pensait qu'il ne pourrait pas
toujours, cependant, rester perché dans le sapin et
qu'il viendrait un moment où il serait forcé de dé-
guerpir. Il valait mieux, sans doute, prévenir ce
moment que de l'attendre. Mais encore, fallait-il
choisir le moment propice.

IX. — Comment Paul Gallais quitte son arbre.

La position du petit mousse n'était pas gaie. Tout
en y réfléchissant, il surveillait la prairie et les environs de son embuscade, mais il ne percevait aucun
bruit et ne surprenait aucun mouvement dans les

broussailles qui indiquât la présence d'un être vivant quelconque, homme ou animal. Le sauvage ne donnait plus signe de vie, soit qu'il ménageât ses flèches, soit qu'il se rapprochât en marchant sous bois avec cette prudence et ces précautions pour se dissimuler, particulières aux indiens.

Pendant plus de deux heures, Paul Gallais resta aux aguets sans oser bouger. Son regard, passant entre deux sapins, atteignait, par une coulée, jusqu'à l'extrémité de la prairie qu'il avait suivie la veille. Tout à coup, il aperçut trois grands cerfs, des caribous, qui, leur immense bois couché sur le dos, traversaient d'une colline à l'autre, en bondissant comme en proie à une terrible frayeur. Au moment où ils allaient disparaître dans la forêt, l'un d'eux fit la culbutte et resta sur le sol de la prairie à se débattre. Au même instant, plusieurs sauvages arrivèrent sur la piste des caribous et se mirent à gambader en signe de joie, sans doute, autour de l'animal abattu. Puis, ils se réunirent en groupe, poussèrent trois cris perçants sur trois notes différentes et attendirent la réponse, immobiles. Elle ne tarda pas et partit précisément d'un épais buisson, à cent pas du petit mousse. Un léger mouvement se produisit dans les broussailles. Le sauvage, qui avait lancé des flèches à Paul Gallais, sortit de son embuscade et se rendit en trottant à l'appel dont il était l'objet. Le petit mousse eut pu profiter de l'occasion pour lui envoyer quelques chevrottines dans le dos, il s'en garda bien et le laissa s'éloigner tranquillement. A peine l'eut-il perdu de vue dans le sous bois qu'il fit un paquet de tout son fourniment, et par ce mot nous entendons les objets qu'il avait avec lui, et le descendit sur le sol avec la corde dont il s'était servi pour le hisser dans l'arbre. Avant de le rejoindre, il examina ce que faisaient les sauvages. Ils allumaient du feu, écorchaient le caribou, le dépeçaient et en faisaient griller les morceaux. Certain qu'ils ne bougeraient pas pendant leur repas, il se décida à fuir. Il abandonna donc le sapin dans lequel il venait de passer des heures si remplies d'inquiétude, fit sa toilette à la hâte, consulta sa boussole, et, comme les sauvages lui avaient semblé venir du nord-est, il s'élança dans cette direction, persuadé qu'ils ne reviendraient pas sur leurs pas.

Paul Gallais ne doutait pas que, leur repas achevé, les Indiens ne fussent conduits à la place qu'il quittait par celui qui l'avait attaqué, mais il espérait que, grâce à l'avance qu'il aurait prise pendant ce temps et pendant qu'ils se partageraient les objets qu'il avait forcément laissés au pied du sapin, pour n'être pas surchargé, il mettrait une bonne distance entre eux et lui. Il s'éloigna donc de toute la vitesse de ses jambes et autant que les obstacles de la route le lui permettaient. Il fit ainsi quatre à cinq milles, et ne s'arrêta que sur le haut d'une colline, au milieu d'un bouquet de grands sapins qui la couronnait. Le soleil baissait, Paul Gallais choisit le plus gros arbre et s'y installa pour y passer la nuit, comme il avait fait la veille. Il inspecta la forêt de la hauteur où il se trouvait et n'aperçut rien d'inquiétant. Son souper fut maigre : une moitié de galette de biscuit et rien de plus. Il avait laissé au pied de l'arbre où il avait passé la nuit précédente, deux courlis rôtis, qui lui restaient encore et qui auraient bien fait son affaire en ce moment.

La nuit se passa sans incident : aucun cri comme ceux de la veille, quelques hurlements lointains troublèrent seuls le silence de la forêt. Malgré une extrême fatigue, le petit mousse dormit mal. Il avait la fièvre et était en proie à une grande surexcitation nerveuse. De plus, il était tout courbaturé par suite des mauvaises positions qu'il était forcé de prendre dans son arbre. Dès que l'aube s'annonça, il fit ses préparatifs de départ. Ils ne furent pas longs et le soleil levant rougissait à peine les hautes cimes des sapins qu'il se remettait en route.

Les broussailles et les fourrés devenant de moins en moins épais, il fit un assez long bout de chemin, grignottant, tout en marchant, un morceau de biscuit. Il se retournait chaque fois qu'il se trouvait sur une élévation de terrain, mais les Indiens ne paraissaient pas le suivre et il s'avançait vers le nord-est, dans une tranquillité d'esprit relative.

Le soleil était à moitié de sa course, lorsque le petit mousse arriva sur une hauteur qui dominait toute cette région. Du point où il se trouvait, il jouissait d'un vaste horizon. Du côté du couchant, jusqu'où la vue pouvait s'étendre, c'était la forêt ondulée çà et là de collines semblables à celle qu'il foulait. Mais, à l'est, c'est-à-dire du côté du soleil levant, le terrain s'abaissait, la forêt s'éclaircissait et une ligne droite égale, d'un bleu azuré se confondait avec l'horizon.

— La mer!.... s'écria le petit mousse en étendant le bras avec un sentiment de joie indicible. La mer!.... répéta-t-il encore. Et c'était bien elle; son œil expérimenté ne pouvait pas s'y tromper. C'était aussi presque le salut pour lui, car s'il pouvait gagner le rivage, il trouverait facilement des habitations de pêcheurs français où on s'empresserait de l'accueillir. La petite boussole de M. Legal lui avait donc rendu un service signalé en lui indiquant sa route. John Reed en était pour son dédain et sa morgue. Où était-il à cette heure? Pourvu qu'il ne lui fût pas arrivé de mal. Quant à Paul Gallais, il était dans la bonne voie, malgré les sauvages qui l'avaient bien quelque peu dérangé, et même, si son estime ne le trompait pas, il ne devait pas être éloigné de la baie des Gryais, terme de ses pérégrinations.

Un soupir de contentement s'échappa de sa poitrine. Il tâta sa vareuse bleue pour s'assurer que la lettre était toujours à la même place, et, tranquille à cet égard, il descendit la hauteur à grandes enjambées. Au bas, il se trouva dans une vallée étroite. Il la suivit sans hésiter; elle se dirigeait vers l'est et vers la mer.

Cependant, la faim se faisait vivement sentir, mais Paul Gallais ne voulait pas s'arrêter pour l'apaiser. Son unique pensée était d'atteindre le bord de la mer, avant la nuit. S'il réussissait, il était presque certain d'échapper aux sauvages, car les rochers ne garderaient pas l'empreinte de ses pas, et il lui serait aisé de trouver un refuge, en cas de besoin, dans les énormes crevasses qui devaient y exister, comme celles qu'il avait remarquées au Morne-Rouge. Le petit mousse n'avait plus de hauteurs ni de collines à franchir. Le terrain qu'il parcourait à grands pas était plat, et il espérait atteindre de bonne heure le but qu'il se proposait : la mer. Mais, si la prairie lui offrait moins de difficultés que la forêt et les collines boisées, les sauvages pouvaient l'apercevoir plus facilement et de beaucoup plus loin. Malgré cela, il préférait encore courir ce risque que de broussailler dans la forêt, presque à tâtons.

Il arriva tantôt courant, tantôt trottant à la manière des Indiens, à une espèce de seuil qui limitait la prairie et réunissait les deux collines opposées. Il s'arrêta sur le faîte et jeta un regard sur l'espace qu'il venait de parcourir.

Hélas ! il aperçut les sauvages sur sa piste, au tiers du chemin qu'il avait fait dans la prairie. Ils trottaient en monôme, c'est-à-dire un à un et à la file. Il en compta sept, qui se suivaient, pour ainsi dire, les pas dans les pas et s'approchaient rapidement. Il reprit sa course dans la direction de l'est, bien décidé, cette fois, à s'embusquer derrière les arbres et à soutenir le combat avec les Indiens. Cependant, il remarqua que l'un d'eux n'avait pas une agilité égale à celle de ses camarades et un trot régulier comme le leur. Il crut même voir, malgré la distance, qu'on le rudoyait pour le faire avancer. Cela ne pouvait avoir d'autre intérêt pour lui que de ralentir la chasse qu'on lui donnait. Mais dans sa position,

rien n'était négligeable et Paul Gallais était content
de ce qui arrivait à ses acharnés poursuivants. Il
descendit du seuil pour entrer dans une autre prairie, la répétition de celle qu'il venait de traverser, et
limitée, comme elle, par un seuil. Avant de le franchir, il regarda en arrière. Les Indiens avaient
gagné la moitié du chemin, mais de sept ils étaient
réduits à quatre, et celui qui lui avait paru blessé
n'était plus avec eux, ainsi que deux de ses compagnons demeurés sans doute avec lui pour l'aider à
marcher.

— Bon! s'écria le petit mousse en serrant le double canon de son fusil, le nombre s'égalise. Qu'ils y
viennent donc, les sauvages!.... Ils verront ce qu'il
en coûte d'attaquer un Français.

Quoiqu'il en soit de cette fanfaronnade, il reprit sa
course à toutes jambes. Mais, quelles furent sa surprise et son émotion en apercevant, à travers les
sapins, une grande nappe d'eau qui baignait le pied
des collines à droite et à gauche, et qui s'allongeait
en face de lui. En même temps, il remarqua de
légères lames, comme celles de la mer, qui se brisaient sur les rochers.

Était-ce donc bien la mer qu'il avait devant lui?
Mais alors, ce ne pouvait être que la baie terminale
des Gryais dont il se rappelait la forme sur la carte
déroulée sous ses yeux par M. Legal.

Quels que fussent les sentiments du petit mousse,
il n'avait ni le temps de les analyser, ni celui de se
livrer à aucun examen. Les sauvages étaient là, à
cent pas, peut-être, s'avançant, silencieux, pour le

surprendre. Il se rejeta sur la gauche pour gagner le sous bois ; mais un cri perçant l'arrêta net. En face de lui se dressait un sauvage de six pieds de haut, qui bandait son arc et le regardait d'une manière effrayante, les yeux tout ronds, cerclés de bleu. Le petit mousse se jeta derrière les broussailles et les sapins en s'en couvrant du mieux possible pour éviter la flèche meurtrière du sauvage ; en même temps il préparait son fusil. Il suivait, sans s'en apercevoir, une ligne oblique qui le ramena précisément dans la route qu'il venait de quitter. Il allait s'y élancer, à tout hasard, lorsque deux cris semblables au premier le clouèrent sur place. Trois sauvages lui barraient le chemin à vingt pas.

Pour le coup, Paul Gallais se jugea perdu, mais il résolut de se défendre jusqu'à la dernière extrémité. Il ramena sa gibecière sur sa poitrine pour avoir ses munitions sous la main, et, épaulant son fusil prêt à mettre en joue, il marcha bravement aux sauvages.

— Oh ! ah ! oh ! aie !.... cria celui du milieu, sur trois intonations différentes, ne tirez pas, Paul. C'est moi ; ne me reconnaissez-vous pas ?

Il n'avait pas fini cette série d'exclamations que le petit mousse reconnaissait dans ce personnage, et malgré son bizarre accoutrement, John Reed, le jeune Anglais, qui l'avait si lestement lâché dans la forêt quelques jours auparavant.

Malgré la surprise et la gravité de sa situation que cette étonnante rencontre ne simplifiait pas, Paul Gallais partit d'un bruyant éclat de rire.

— Oh ! aie !.... ne riez pas tant que cela, Paul, dit

John en passant la main sur sa tête, je ne donnerais pas un penny de votre peau et de la mienne. Si vous me voyez encore de ce monde, c'est que mon heure n'est pas venue, car ces païens ont agité la question de me scalper pour augmenter l'ornement que vous voyez à leur ceinture.

— Vous scalper, répéta le petit mousse, qui ne savait pas ce que cela voulait dire.

— Ah! vous ne savez pas ce que c'est, répondit John. Eh bien! voici : on vous incise la peau autour de la tête avec un instrument tranchant et on l'arraché ensuite avec les cheveux. Ce que vous voyez pendu à la ceinture de ces démons, ce sont des chevelures humaines, arrachées à leurs ennemis.

— Oh! je ne me laisserai pas scalper, s'écria Paul Gallais.

— Votre fusil est-il chargé? demanda John Reed.

— Oui, de huit ou dix chevrottines chaque canon.

— Eh bien! flanquez-moi ces deux païens là par terre, mais ne les manquez pas, et hâtez-vous de recharger votre arme, car les autres diables vont accourir à la détonnation.

Si c'eût été John qui eût tenu le fusil, l'affaire des deux Indiens était faite; mais il répugnait au petit mousse de tuer ainsi de sang-froid deux êtres humains, deux hommes qui ne lui avaient fait encore aucun mal. Il le dit à son compagnon et une discussion s'engagea entre eux à ce sujet. Il refusa même de lui remettre son fusil qu'il lui demandait.

— Vous ne voulez pas m'écouter, Paul? Eh bien! regardez, dit John avec un geste expressif.

Le petit mousse leva les yeux et se vit entouré d'une dizaine d'Indiens. L'un d'eux voulut même lui prendre son fusil. Paul Gallais le repoussa rudement.

X. — Un secours inattendu. Le récit de John Reed.

Au même instant, un bruit bien connu des deux jeunes garçons leur arriva du sous bois. Les sauvages firent un mouvement de retraite. Le bruit se reproduisit plus fort que la première fois. C'était comme de nombreux coups de hache sur des troncs d'arbres. Les sauvages n'attendirent pas davantage. Ils disparurent dans les broussailles comme par le coup de baguette d'un enchanteur.

Paul Gallais et John Reed étaient sauvés. Ils marchèrent dans la direction d'où leur était venu le bruit des coups de hache et se trouvèrent au milieu d'une bordée d'une quarantaine d'hommes envoyés dans le fond de cette baie pour couper du bois de construction nécessaire à une habitation des Gryais.

— Bonjour! maître Madiou, dit le petit mousse à un homme qui paraissait être l'un des chefs de la bordée.

— Comment! c'est toi, Paul, s'écria maître Madiou en reconnaissant son petit voisin de la Houle. Par quelle circonstance te trouves-tu au fond de cette baie?

Le petit mousse raconta brièvement la mission dont il avait été chargé, son départ du Museau-du-Renard en compagnie de John Reed, leur séparation dans la forêt et les aventures qui lui étaient arrivées depuis.

— Eh bien! tu l'as *paré* belle avec les sauvages, mon garçon, répondit maître Madiou. On est très inquiet de vous aux Gryais, où on a appris, j'ignore de quelle manière, votre départ du Morne-Rouge, et ne vous voyant pas arriver, on était entrain d'organiser, lorsqu'on nous a envoyés ici, une battue pour aller à votre recherche. On connaissait la présence des sauvages rouges dans les bois, ce qui augmentait encore l'inquiétude. Enfin! vous voilà..... mais tu vas apprendre quelque chose qui va te faire oublier tes peines, mon petit Paul..... On a de bonnes nouvelles de la Houle.....

— De la Houle, répéta le petit mousse avec anxiété.

— Oui, et de ton père aussi.

— De mon père! s'écria Paul, et il demanda d'une voix tremblante de crainte et d'espérance : est-il retrouvé, est-il revenu?

— Patience, mon enfant, patience, répondit Madiou. Il ne faut pas trop d'émotion à la fois, ni avaler son bonheur d'une seule *goulée*. Tout ce que je puis te dire, pour l'instant : c'est qu'avant qu'il soit passé beaucoup de temps, tu embrasseras maître Gallais, ton père.

— Oh! mon père, mon père!.... s'écria le petit mousse, et il se mit à pleurer à sanglots; mais, c'étaient des larmes de bonheur qu'il versait ainsi.

— Et ce sauvage qui est avec toi, comment t'a-t-il suivi, car je pense bien que tu ne l'as pas amené de force? demanda maître Madiou pour faire diversion à cette scène attendrissante.

— Mais, c'est John Reed, mon compagnon de route, répondit le petit mousse en souriant à travers ses larmes.

— Celui qui t'a lâché dans la forêt?

— Oui.....

— Çà ne m'étonne pas d'un Anglais. Mais, comment vous êtes-vous retrouvés? Etait-il au nombre des sauvages qui te donnaient la chasse? Est-ce lui qui les conduisait?

— Je ne crois pas, répondit Paul Gallais.

— Tout cela n'est pas clair, et il faut que l'Anglais nous l'explique devant toi, dit maître Madiou.

Jusqu'alors, John Reed s'était tenu à l'écart, surveillé par deux matelots. On le prenait toujours pour un sauvage maladroit, mais néanmoins pour un vrai sauvage. Il paraissait honteux comme un renard qu'une poule aurait pris et faisait son possible pour se dissimuler aux regards du petit mousse, qui riait aux éclats toutes les fois qu'ils tombaient sur son ancien compagnon, si plein de morgue naguère si confus et si abattu à cette heure. Maître Madiou le fit approcher et lui intima l'ordre de raconter, sans réticences, tout ce qui lui était arrivé depuis qu'il avait abandonné Paul Gallais, un enfant, l'exposant ainsi à être mangé par les bêtes féroces.

Il ne s'agit pas de nous faire une histoire amusante, dit maître Madiou d'un ton sec, mais le récit véridique de ce qui vous est arrivé, et, d'après lequel, nous prononcerons notre jugement. Si vous êtes excusable de l'abandon de votre compagnon, nous vous emmènerons aux Gryais, à moins que vous ne préfériez aller retrouver vos amis, les peaux rouges, et nous vous remettrons à vos parents, mais si vous ne l'êtes pas, nous considérerons votre conduite comme très coupable, et pour vous punir, nous vous attacherons à un arbre dans le costume que vous me semblez avoir adopté et que vous portez si gauchement, et nous vous abandonnerons aux Indiens qui nous surveillent des broussailles, ou à la dent des loups toujours sur la piste des hommes.

John comprit qu'il n'y avait pas à plaisanter, et, quoiqu'en souffrissent sa morgue et son orgueil, il raconta ce qui suit, sans trop s'écarter de la vérité.

Nous nous sommes séparés de bonne volonté, Paûl et moi, parce que nous n'étions plus du même avis sur la route que nous devions suivre. Lui, voulait gouverner au nord-est d'après sa boussole, et moi au nord-ouest en suivant un brya qui passait à nos pieds. Il a pris un sentier qui s'enfonçait dans la forêt, et moi j'ai suivi le brya par la prairie. J'ai marché jusqu'au soir avec peine à travers les broussailles et les grandes herbes sans rien voir ni rien entendre de suspect. Alors, je me suis assis au pied d'un grand sapin avec l'intention d'y grimper pour passer la nuit dans les branches, et j'ai tiré mes provisions de mon sac, car Paûl m'avait donné du biscuit et un peu de jambon; moi, je n'avais plus rien à manger.

J'achevais mon repas lorsque je me suis senti serrer entre les bras de quelqu'un qui se tenait derrière moi, que je ne pouvais voir et que je n'avais pas entendu approcher. En levant les yeux, je vis les têtes d'une demi-douzaine de sauvages au-dessus des broussailles en face de moi. Je compris que j'étais en leur puissance, que toute résistance eût été dangereuse et je me suis laissé faire.

Les sauvages sont alors sortis des broussailles en poussant de grands cris, sans doute en signe de victoire, puis, se prenant par la main, ils ont formé une guirlande autour de moi et se sont mis à danser. Après cela, ils m'ont attaché les bras et les jambes et se sont partagé tout ce que j'avais. Leur chef s'est attribué mon fusil et mes munitions; celui qui venait après, à ce qu'il m'a semblé, la peau d'un loup que j'avais tué et écorché, Paûl le sait bien et tous les Indiens à l'avenant, selon leur âge et leur rang. Ils se sont réunis après en conseil. Je ne sais ce qu'ils délibéraient. Peut-être, était-ce ma mort, mais il était sûrement question de quelque chose de semblable, car leurs regards se tournaient fréquemment de mon côté. Leur chef a pris ensuite la parole et a fait un discours qui a paru réunir toutes les opinions, car, lorsqu'il s'est tû, tous se sont levés, et, après s'être assurés de la solidité de mes liens, ils m'ont laissé tranquille jusqu'au jour.

Malgré ma position critique, j'ai dormi quelques heures, à la belle étoile. Mais au petit jour, tous les Indiens étaient debout. On m'a délié et on m'a couché sur la mousse. J'ai cru qu'on allait me tuer et me mettre à la broche pour me manger. Cela me semblait d'autant plus vraisemblable qu'ils avaient allumé un grand feu. Je me trompais, heureusement, puisque me voilà.....

Un sauvage, le coiffeur de la bande, sans doute, continua John Reed après avoir soulagé sa poitrine par un profond soupir, a tiré d'un sac de peau qu'il portait sur le dos et dont il avait le plus grand soin, divers objets tels que peignes grossiers, étrilles en bois et jusqu'à une mauvaise paire de ciseaux, puis des ingrédients de plusieurs sortes et de différentes couleurs, du rouge, du bleu, du jaune, du noir en bâtons comme du cosmétique. Sur un signe du coiffeur, deux robustes sauvages se sont emparé de moi et m'ont enlevé tous mes vêtements excepté mes guêtres, puis ils m'ont approché du feu, non de manière à me brûler, mais à me chauffer rudement la peau. En même temps, le coiffeur me coupait les cheveux, moins une grosse mèche ménagée sur le crâne, voyez plutôt, master, et John Reed montrait à maître Madiou sa tête grotesquement dépouillée de sa chevelure.

En voyant l'air honteux et penaud du jeune Anglais, Paul Gallais se mit à rire de nouveau. John lui lança un regard menaçant.

Après m'avoir coupé les cheveux, continua le jeune Anglais, le coiffeur me couvrit le visage de dessins, baroques de toutes les couleurs sur ma peau peinte en rouge préalablement, puis ce fut le tour de ma poitrine, de mon dos, de mes bras et jusqu'à mes cuisses, me faisant comprendre que ces dessins n'étaient que provisoires et qu'ils seraient remplacés plus tard par des incisions dans la peau. Jugez si j'étais à mon aise en entendant pareille promesse, s'écria John Reed tout pâle et tout tremblant à la pensée du supplice auquel il avait échappé.

Les Indiens, rangés autour de mon bourreau et de moi, regardaient le travail de leur coiffeur avec admiration et semblaient se dire en se le montrant :

Quel artiste nous avons !....

Moi, j'enrageais. Lorsqu'il eut fini, ou plutôt lorsqu'il fut fatigué de me barrioler, il orna ma tête de la toque de plumes que vous me voyez. On me donna une bande de natte rouge pour m'entourer le haut du corps et le sauvage qui m'avait pris ma peau de loup me remit en échange cette vieille couverture de laine rouge, en me montrant la manière de m'en parer en place de manteau. On ne me laissa de tout ce que j'avais que mes grandes guêtres, n'ayant rien pour les remplacer, sans quoi ces voleurs me les eussent sûrement prises.

Quand ma transformation fut achevée, je fus reconnu comme membre de la tribu des Pailles-en-queue (1) et l'on me fit entendre que j'en serais nommé guerrier lorsque j'aurais fait mes preuves.

Après avoir mangé, comme les Indiens, un morceau de viande à moitié grillée et fumée, je me mis en route avec eux. Ils savaient que j'avais un compagnon, et ils voulaient le retrouver pour lui faire subir le même sort qu'à moi. Ils ne tardèrent pas à découvrir la piste de Paûl, et ils se lancèrent à sa

_____

(1) Oiseaux de mer ainsi nommés à cause de deux grandes plumes qu'ils ont à la queue.

poursuite jusqu'à ce qu'ils l'eussent rejoint. Vous savez le reste, master.....

Ce récit, qui n'avait rien d'invraisemblable, avait été écouté avec intérêt et avait excité le rire des auditeurs à plusieurs reprises, surtout quand John avait raconté la toilette qu'on lui avait fait subir. Lorsque le jeune Anglais se tut, tous les regards se portèrent sur lui et furent suivis d'un bruyant éclat de rire, malgré le danger qu'il avait couru. Il était impossible de garder son sérieux en le voyant si bizarrement transformé en sauvage, avec ses cheveux rouges et son air malheureux. Mais, celui qui riait le plus fort, c'était le petit mousse. Il ne pouvait se contenir chaque fois que ses yeux tombaient sur son important compagnon.

XI. — Le jugement de maître Madiou. Les Gryais.

— Ecoutez, John, dit maître Madiou en s'érigeant en juge, je ne mets pas en doute votre récit. — Vous n'avez pas été humain et généreux envers votre compagnon, un enfant, en l'abandonnant comme vous avez fait. Vous ne deviez pas le laisser seul dans la forêt, malgré son refus de vous suivre, et, en fait, il avait raison puisque vous êtes tombé dans les mains des Indiens, ce qu'il a évité. Mais, considérant que vous n'aviez pas autorité sur lui, qu'il ne vous avait pas été confié, que vous étiez libre et lui aussi d'agir d'après votre inspiration chacun, ce que vous avez fait, d'ailleurs. Vous ne serez pas puni gravement, et nous vous emmènerons demain avec nous aux Gryais. Seulement, pour vous faire sentir combien votre insouciance à l'égard de Paul est blâmable, vous conserverez votre costume de sauvage et les beaux dessins qui ornent votre figure. C'est dans cet état que vous ferez votre entrée dans la cabane de votre père et ce sera toute votre punition.

John Reed baissa la tête devant cette sentence qui humiliait singulièrement son orgueil. Se montrer ridiculement en sauvage, lui qui comptait faire son entrée aux Gryais, paré de la peau de son loup, était la punition la plus cruelle qu'on pût lui infliger.

— Et la *Virginie?* hasarda Paul Gallais, qui n'oubliait ni sa mission, ni la lettre de M. Desbarres.

— Elle est attendue d'un jour à l'autre, et peut-être est-elle arrivée en ce moment, répondit maître Madiou.

Le petit mousse se sentit soulagé d'un grand poids. Il n'était pas en retard. M. Desbarres serait satisfait.

XII. — Les Gryais. Ce qu'y trouve le petit mousse.

Le lendemain, un peu après le lever du soleil, l'escouade quittait le fond de la baie pour retourner aux Gryais. Maître Madiou montait le premier bateau avec deux matelots pour équipage et deux passagers, Paul Gallais et John Reed. Le reste de la bordée suivait dans deux autres bateaux chargés, comme le premier, de troncs de sapin arrimés en travers.

John Reed avait voulu effacer les dessins qui donnaient à ses traits une expression étrange et comique, mais la teinture était bonne et avait résisté au lavage. Quant à son costume de sauvage, il était bien forcé de le garder. Les Indiens s'étaient partagé ses vêtements et il n'avait pas autre chose à mettre. Le bateau où se trouvaient Paul Gallais et son compagnon vogua légèrement à l'aide de ses voiles, sur les eaux de la baie unies comme un miroir, et, deux heures après le départ, il arrivait sans accident au grand Gryais. Comme il entrait dans la passe, un navire laissait tomber l'ancre à l'autre bout et carguait ses voiles.

— Eh! mais, c'est la *Virginie*, s'écria maître Madiou, qui reconnaissait bien le navire de M. Desportes. Tu arrives bien pour remettre la lettre, Paul.

— Oh! tant mieux, dit le petit mousse. Voulez-vous me mettre à bord de la *Virginie* en passant, maître Madiou?

— Je vais essayer, mais ce ne sera pas facile. Tiens-toi prêt à sauter dans sa chaloupe, je vais la ranger. Puis, Madiou murmura comme se parlant à lui-même : mais je ne vois plus la goëlette américaine qui était encore à cette place hier matin.

— Quelle goëlette? demanda le petit mousse qu'un fâcheux pressentiment agitait.

— Mais celle sur laquelle se trouvait maître Gallais, ton père.

— Ah!.... est-ce qu'il serait reparti avec elle?

s'écria l'enfant dont deux grosses larmes coulèrent sur les joues halées.

— Çà m'en a l'air, répondit Madiou tout désappointé. En tout cas, il ne sera pas allé bien loin, car la goëlette est un de ces bazars flottants qui viennent offrir leurs marchandises dans les habitations le long de la côte..... Nous la retrouverons.

— Et ton père qui m'a dit ne s'être embarqué sur la goëlette pour venir ici que dans l'espoir de rencontrer un navire de Saint-Malo, laissera la goëlette dès qu'il aura trouvé ce qu'il cherche, dit un Cancalais, qui connaissait les Gallais de la Houle.

Ces paroles calmèrent un peu l'inquiétude du petit mousse.

Le bateau arrivait sur la *Virginie.*

— Es-tu prêt à sauter? demanda Madiou à Paul Gallais.

— Oui, répondit celui-ci en montant sur la drôme.

— Eh bien! embarque.

Maitre Madiou donna un coup de barre et le bateau vint ranger l'arrière de la chaloupe dans laquelle sauta le petit mousse.

— Merci! cria-t-il à maître Madiou, dont le bateau s'éloignait déjà.

— Bonne chance! et bien des choses à ton père, répondit Madiou.

Paul Gallais grimpa comme un chat à bord de la *Virginie.* Sur le pont, un homme l'attendait et le prit dans ses bras en le serrant sur sa poitrine avec une tendresse inexprimable.

— Mon père, mon père!.... s'écria le petit mousse

devenu tout pâle et prêt à se trouver mal d'émotion et de bonheur, en reconnaissant son père.

— Oui, c'est moi, ton père, mon cher enfant, mon cher petit Paul, répondait le marin aux traits bronzés et en rendant à son fils les embrassements qu'il en recevait. Mais comment te trouves-tu dans ces parages?

— Je vous raconterai cela plus tard. Et vous, mon père, que tout le monde croyait.....

Le petit mousse retint le mot qu'il allait laisser échapper, son père le dit pour lui.

— Non, je ne suis pas mort, puisque me voici et que je te serre sur mon cœur, et j'espère bien ne pas mourir avant d'avoir fait notre retour ensemble et d'avoir embrassé tout mon monde de la Houle.

— Quel bonheur, quel bonheur! ne cessait de répéter le petit mousse tout en pleurant de joie. Je savais bien que je le retrouverais mon père, je ne pouvais pas croire que je ne le verrais plus.

— Tiens! une reconnaissance, dit en s'avançant un homme court, gros, à la figure rouge, réjouie et bonne.

— Oui, capitaine Desportes, c'est mon fils, mon petit Paul que par un hasard providentiel je retrouve à votre bord.....

— Mais, crois-tu que je ne le reconnaisse pas, ton fils, le vaillant petit gars, qui portait tes bottes de mer, plus hautes que lui, quand tu rentrais de la pêche aux huîtres.

— Voilà, mon capitaine, dit le petit mousse en reconnaissant le capitaine de la *Virginie.* En même temps, il lui présentait sa missive.

— Qu'est-ce que cela? demanda M. Desportes à la vue du papier blanc.

— Une lettre de M. Desbarres.

— Une lettre du chef de l'expédition? donne vite, donc, donne vite.....

Et M. Desportes, après avoir parcouru la lettre, cria aux hommes sur les vergues, occupés à serrer les voiles :

— Eh! là haut, arrêtez-vous. Larguez les voiles au lieu de les ramasser. Nous appareillons pour le Morne-Rouge.

— Hurrah!.... répondirent les matelots en se hâtant d'exécuter l'ordre de leur capitaine.

Vingt minutes après, la *Virginie* était sous voiles et gouvernait pour sortir des Gryais. Au moment où elle se trouvait en face de l'habitation du grand Gryais, de bruyants éclats de rire et comme des huées en arrivèrent aux hommes qui se trouvaient sur le pont. C'était John Reed dans son costume de sauvage et auquel les gens de l'habitation faisaient une ovation ironique. Il se tenait debout et drapé à l'indienne dans sa couverture de laine rouge, au milieu d'une cinquantaine d'hommes qui le huaient, le tournaient en ridicule et le poussaient de ci de là. sans lui faire de mal, toutefois. Ah! que la gent malicieuse des mousses s'en donnait à plaisir. Paul Gallais en eut pitié. Il monta dans les haubans, et faisant un porte-voix de ses mains, il lui cria :

— Adieu, John! Farewell!....

Pour toute réponse, l'Anglais lui montra le poing.

— Toujours aimable, ce pauvre John! dit le petit mousse en souriant, et il sauta sur le pont.

La *Virginie* sortit de la passe des Gryais en saluant les habitations françaises riveraines avec son pavillon. Les pêcheurs qu'elle saluait ainsi lui répondaient par de joyeux hurrahs. — Elle doubla le cap qui forme, avec la pointe du Morse, l'entrée de la baie du Nord et laissa porter vers le sud en suivant les contours de la côte à deux milles au large, de sorte qu'aucun de ses détails n'échappait aux regards.

Le temps était magnifique, et la brise, légère mais favorable, ridait à peine la surface de la mer.

Nous profiterons des loisirs que le beau temps laissait à l'équipage de la *Virginie* pour expliquer comment maître Gallais se trouvait à son bord.

XIII. — Ce qui était arrivé à maître Gallais.

Les bâtiments, qui font la pêche sur le grand banc de Terre-Neuve, emportent dans leur cale une chaloupe courte, large et très creuse, construite surtout en vue de bien tenir la mer. Arrivé sur le grand banc, encore à une distance de cinquante à cent vingt milles de la côte de Terre-Neuve, le navire jette l'ancre et met cette grosse chaloupe à la mer. L'équipage la mâte, la grée et la pourvoit d'une grande voile carrée. Un maître de chaloupe, excellent marin et pêcheur expérimenté et deux matelots forment tout son équipage. Chaque jour elle s'éloigne du navire et va tendre des lignes de fond qu'elle visite au moins deux fois dans la journée, ce qui n'empêche pas son équipage de se livrer à la pêche de la ligne à la main, pendant les loisirs que lui laissent le placement et la visite des lignes de fond. Cette utile embarcation concourt dans une forte proportion au succès de la campagne, et un seul jour d'arrêt dans ses opérations occasionne un préjudice très sérieux. Aussi, faut-il qu'il vente en tempête pour qu'elle n'aille pas visiter ses lignes, en décrocher le poisson pris et remplacer les amorces qui manquent. Et comme tout le monde est à la part, il n'est pas besoin de stimuler les hommes de cette chaloupe pour les faire appareiller. Il faudrait plutôt les arrêter.

Un matin, le temps avait très vilaine apparence. Maître Gallais voulait partir quand même.

— Attendez, Gallais, pour voir comment le temps va tourner, dit le capitaine au maître de la chaloupe. Le baromètre est très bas et baisse encore. Je crains quelque coup de vent effroyable.

— Capitaine, je suis sûr que chaque hameçon de mes lignes tient une morue. Si je ne vais pas les visiter de suite, les maudits chiens de mer n'en laisseront pas une.

— Eh bien! mieux vaut perdre une pêche que de risquer de vous noyer, vous et vos hommes.

— Avec la Bonite (ainsi se nommait sa chaloupe), il n'y a pas de danger. Je ferais le tour du monde sur ce bateau-là, répondit Gallais. D'ailleurs, si le temps se gâte tout à fait, ce ne sera que dans l'après-midi.

En même temps, maître Gallais fit hisser à mi-mât la voile, et largua l'amarre qui retenait la chaloupe au navire. Le bateau s'inclina comme s'il allait chavirer et s'éloigna sur le dos des vagues semblable à une mouette qu'un tourbillon de vent emporte.

— Imprudent, dit le capitaine, et il murmura entre ses dents : Quel brave marin çà fait, tout de même, ce maître Gallais.

La Bonite disparut bientôt. L'horizon était empâté et l'on n'y voyait pas à un mille de distance. Après midi, le temps empira encore. Le capitaine était dans une mortelle inquiétude au sujet de la Bonite et de son équipage. Il regrettait de n'avoir pas usé de son autorité pour retenir maître Gallais.

Jusqu'à une heure avancée de la nuit on guetta la chaloupe, mais elle ne parut pas. Le vent, d'ailleurs, était tout à fait contraire.

— Il est impossible que la Bonite louvoie pour nous atteindre, le vent est trop violent, disait le le capitaine au maître d'équipage. Il est à craindre qu'elle soit forcée de fuir devant le temps, et, dans ce cas, où peut l'emporter la bourrasque.

— La chaloupe est une solide et excellente embarcation, répondit le maître, et je ne connais personne pour en remontrer à Gallais. J'espère donc qu'il ne lui arrivera pas d'accident.

— Je l'espère aussi, dit le capitaine.

On hissa un gros fanal à la tête du grand mât et on attendit le jour avec impatience. Quand il vint, le temps ne s'était pas amélioré.

— C'est un coup de vent du nord; çà dure ordinairement trois jours, dit le capitaine, et dans trois jours Gallais sera à plus de 200 lieues dans le sud.

Toute la matinée se passa dans l'anxiété.

Le soir, il n'y avait rien de nouveau.

— Gallais est mort, ou il a été recueilli par quelque navire, dit le capitaine.

— Je l'espère, répondit le maître qui ne croyait guère à ce bonheur.

Le lendemain rien encore. L'équipage était attristé et convaincu que Gallais et ses hommes avaient péri.

Le navire mit à la voile à la recherche de sa chaloupe, aussitôt que le temps le lui permit. Il battit la mer dans un rayon de cinquante milles, prit des informations à tous les bâtiments et à toutes les embarcations qu'il rencontra. Personne n'avait eu connaissance de sa chaloupe. Il relâcha aux îles Saint-Pierre et Miquelon et le capitaine fit à l'administration coloniale la déclaration du malheur qu'il venait d'éprouver. La Bonîte fut regardée comme perdue corps et biens et la nouvelle en fut envoyée en France.

Cependant, il n'en était rien. Maître Gallais n'avait pas péri. Après avoir essayé vainement de rejoindre son navire, il avait mis à la cape. Mais la tourmente augmentant de violence, craignant d'être englouti entre deux lames, il avait fui devant le vent, dirigeant sa route autant que possible, de manière à gagner la côte des Etats-Unis d'Amérique, si la bourrasque l'emportait au-delà de Terre-Neuve.

Au bout de quatre jours, il se trouva sur la route des bâtiments qui sortent de l'Hudson. Il n'avait plus de vivres, sa chaloupe était désemparée de sa

grande voile. Elle faisait eau. Il n'y avait plus à
songer, dans cette situation, à remonter vers le nord
pour gagner Saint-Pierre et Miquelon. Maître Gallais, de l'avis des deux hommes qu'il avait avec lui,
se décida à demander aide et secours au premier
navire qu'ils rencontreraient. Déjà, ils en avaient vu
plusieurs, mais ils ne leur avaient fait aucun signal
de détresse, soit qu'ils passassent trop loin, soit que
l'équipage de la Bonite ne fut pas encore décidé à en
venir à cette extrémité. Cependant, il fallait prendre
un parti, les vivres allaient manquer.

Vers midi, un point noir parut à l'horizon sur la
ligne que suivait la chaloupe. Ce point grossit très
vite, et maître Gallais reconnut un grand trois mâts
couvert de voiles, qui faisait un sillage rapide. Il ne
devait pas passer loin de la Bonite. Maître Gallais
prit dans le caisson de la chaloupe un pavillon dont
il roula l'extrémité pour faire connaître qu'il demandait du secours et le hissa à la tête du mât. Le signal
fut aperçu du navire en vue, qui, aussitôt, gouverna
sur la chaloupe. C'était un clipper américain de
2,400 tonneaux. Il mit en panne dès qu'il fut à portée
de voix. Maître Gallais exposa sa situation au capitaine.

— Voulez-vous venir avec nous en Australie? je
vous prends à mon bord. Quant à vous déposer quelque part, je ne m'y engage pas. J'ai parié avec un
autre clipper que je ferais en moins de temps que lui
la traversée de New-York à Sydney, et je n'ai pas
une minute à perdre.

Maître Gallais hésitait et consultait ses hommes.

— Voyons ! dépêchez-vous, ou je vous laisse, cria le capitaine.

— Nous acceptons, répondit maître Gallais.

— Eh bien! amenez votre mât, élongez le navire et disposez-vous à crocher les palans.

Maître Gallais s'empressa d'exécuter ces ordres. Pendant ce temps, le clipper croisait ses basses vergues et préparait ses palans. Dix minutes après, maître Gallais, ses deux hommes, sa chaloupe et tout ce qu'elle avait à bord étaient hissés sur le pont du clipper qui éventait ses voiles et continuait sa route.

— Vous pensez bien, dit le capitaine à maître Gallais, que si je me charge ainsi de trois hommes de plus pour un aussi long voyage, j'ai un motif. Le Pigeon blanc (c'est le nom de mon clipper) est, je crois, le plus fin voilier des Etats-Unis, mais il est dur à la manœuvre. Je me suis vite aperçu que mon équipage n'est pas assez fort. Une recrue de trois hommes n'est pas de trop, et, si vous y consentez, je vous engage pour le renforcer. Vous, maître, vous gagnerez vingt-cinq dollars par mois, et vos hommes, chacun seize..... Acceptez-vous?

— Oui, capitaine, répondirent Gallais et ses deux matelots avec un vif empressement. C'était, en effet, une bonne fortune que cet engagement qui s'offrait pour eux.

Les Américains sont pratiques. Comme l'avait dit le capitaine du clipper, il s'était aperçu l'insuffisance de son équipage. Il se demandait comment il pourrait bien l'augmenter lorsque le hasard lui avait fait rencontrer la Bonite en détresse. Il avait compris le parti à tirer de cette heureuse rencontre; il donnait aux trois Français la même paie qu'à ses hommes, et évitait une relâche.

Maître Gallais avait profité de la première occasion pour donner de ses nouvelles à la Houle, mais sa lettre n'était pas parvenue. A son arrivée à Sidney, le capitaine du clipper fit son rapport de mer; il y relata le sauvetage de la Bonite. Le consul français releva et transmit ce renseignement en France. Ce fut là, sans doute, la source des vagues rumeurs qui avaient couru à Cancale, et que les correspondances avaient transmises jusqu'à Terre-Neuve.

Quoiqu'il en soit, le voyage d'Australie s'effectua sans accident. L'année suivante, maître Gallais débarqua à New-York et toucha une bonne somme d'argent. Il chercha alors un navire qui consentit à le rapatrier en gagnant son passage à bord. Il n'en trouva pas. Heureusement, il eut connaissance qu'une de ces goëlettes-bazars dont nous avons parlé plus haut, allait partir pour le nord de Terre-Neuve, précisément dans la partie de la côte attribuée aux pêcheurs français. Gallais demanda passage au capitaine de la goëlette, un brave homme, et s'arrangea avec lui pour une somme modique.

Après avoir remonté le golfe Saint-Laurent, la goëlette doubla la pointe du Quippon, au nord de Terre-Neuve et vint mouiller aux Gryais. La *Virginie* y entrait en même temps. Maître Gallais la reconnut, et passa aussitôt à son bord. M. Desportes le connaissait particulièrement. Il fut heureux de le revoir et lui offrit l'hospitalité à son bord. Maître Gallais y était depuis la veille, quand son fils arriva aux Gryais.

Lorsque maître Gallais eut fini son récit, le petit mousse sauta sur ses genoux, entoura son cou de ses deux bras et embrassa ses grosses joues couleur de bistre, et le brave pêcheur rendit à son fils caresses pour caresses. Tous les deux avaient les yeux humides.

XIV. — La fin de la pêche. Départ du Morne-Rouge. Le retour.

La *Virginie* entra le lendemain dans le havre du Morne-Rouge et fut d'autant mieux reçue par le chef de l'expédition, M. Desbarres, qu'elle avait fait une excellente pêche à la côte de l'ouest.

Elle arrivait fort à-propos. Tout le travail était fini au Museau-du-Renard. Il n'y avait plus qu'à embarquer les produits de la pêche. Mis de bonne humeur par le succès, M. Desbarres approuva tout ce qu'avait fait le capitaine de la *Virginie*. — Il complimenta Paul Gallais pour la manière dont il avait accompli sa mission. Il écouta avec intérêt le récit de ses aventures dans la forêt et rit de bon cœur de John Reed, l'insupportable orgueilleux, changé en sauvage.

Le lendemain, tout le monde redoubla d'activité à l'habitation du Museau-du-Renard. Le chargement de la *Virginie* fut mis à terre en moins de deux jours. La morue lavée et séchée comme on avait fait de celle de l'*Alexandre,* vint augmenter le nombre de ces piles semblables à de petites tours rondes, où, par la pression, elle achève de prendre la forme aplatie. La grave de l'habitation était littéralement couverte de ces petites tours et excitait autant l'admiration que l'envie des chefs de pêcheries voisines.

Au bout de quinze jours, grâce à un temps exceptionnellement favorable, la *Virginie* expédiée en prime dans la Méditerranée, mettait à la voile avec son plein chargement de morue de première qualité, conduite par un équipage réduit.

Le 5 septembre suivant, l'*Alexandre*, après avoir hallé ses grands bateaux de pêche sur le rivage, hors de l'atteinte de la mer et consolidé le chaufaud pour l'hivernage, appareillait à son tour, emportant un complet chargement de poissons et les ustensiles de pêche, filets et autres. De plus, il donnait passage au reste des hommes de l'équipage de la *Virginie*, désignés sous le nom un peu ironique de *Pelletas*.

Il va sans dire que maître Gallais et le petit mousse se trouvaient sur l'*Alexandre*.

Peut-être le lecteur désire-t-il savoir comment la brave Perrine Gallais avait passé le temps de l'absence de son mari et de son fils? Elle avait bien travaillé et bien peiné, la courageuse femme, mais enfin elle était arrivée à soutenir elle et ses enfants, sans avoir recours au bureau de bienfaisance.

Elle n'avait réclamé l'aide des autres que pour conduire ses enfants à l'école, les jours où elle allait vendre du poisson dans les environs, à Saint-Mélair, à Saint-Coulomb et jusqu'à Paramé. Une voisine de la Houle lui avait rendu ce service avec empressement. Chaque matin, avant de partir, Perrine disposait ce qui était nécessaire à ses enfants pour la journée, leurs vêtements sur le coin d'une table, leur déjeuner auprès, et leur collation dans de petits paniers distincts pour éviter les contestations. A 7 heures, l'obligeante voisine venait éveiller les enfants de Perrine Gallais, elle les aidait à faire leur toilette, les faisait déjeuner, et à 8 heures, elle montait à Cancale avec ses enfants à elle-même, et avec ceux de Perrine. En passant, elle mettait les plus petits à la salle d'asile et les aînés à leur école respective.

Le soir, à 5 heures, elle venait les prendre et descendait à la Houle avec son petit troupeau. Alors, souvent Perrine était de retour et entrain de préparer le repas du soir.

Perrine avait appris par une lettre venue de Terre-Neuve, la quasi résurrection de son mari. Mais, depuis, elle n'avait plus entendu parler de lui. Aussi, par moment, doutait-elle de la réalité. Elle craignait d'être la victime d'une illusion, d'un faux bruit, et cette crainte l'empoignait d'autant plus vivement que chaque jour arrivaient des pêcheurs de Terre-Neuve et que pas un ne lui donnait d'autre nouvelle que celle qui avait couru à Cancale et dans les pêcheries de la côte Est de la grande île. La pauvre Perrine était dans une anxiété cruelle et grandissante. Vingt fois par jour elle courait au bout de son petit jardin, et, la main sur les yeux pour les préserver de la lumière trop vive du soleil, elle regardait à droite et à gauche du quai, aussi loin que sa vue pouvait s'étendre.

Hélas! vain espoir! Elle n'apercevait que des gens qu'elle voyait tous les jours ou des voisins qui regagnaient leur demeure. Alors, elle revenait chez elle lentement, dévorant ses larmes pour ne pas les laisservoir à ses enfants, qui se fussent mis à pleurer comme elle.

Enfin, un soir, elle aperçut à l'autre bout du quai, dans le chemin qui descend de Cancale, deux hommes, un grand et un plus jeune, qui s'avançaient rapidement vers elle. Une lueur d'espoir traversa son esprit, mais pour l'abandonner aussitôt. — Perrine ignorait que son mari et son fils revenaient sur le même navire. Or, ceux qu'elle apercevait là-bas étaient deux, et elle s'était toujours figuré voir son mari arriver seul, un petit paquet au bout d'un bâton et traînant le pas. Son espoir se dissipa d'autant plus vite que ceux qu'elle voyait venir, marchaient lestement à grands pas, et que bientôt ils disparurent derrière les maisons qui bordent le terre-plein.

Perrine rentra chez elle, déçue encore une fois de l'espérance qui avait soulagé son cœur un instant et se mit à préparer le souper. Elle était accroupie devant l'âtre, rapprochant les tisons et se servant de sa bouche en guise de soufflet, lorsqu'une grosse voix s'écria derrière elle d'un ton de bonne humeur:

— Il n'y a donc personne à la maison?

Perrine se leva en se retournant. Alors, elle se sentit serrée dans deux bras vigoureux, en même temps que des baisers lui tombaient sur les joues de tous les côtés, et que ces mots, entrecoupés par l'émotion, frappaient son oreille.

— Ma femme, ma bonne Pépé! c'est moi, c'est ton mari, qui revient.....

— Ma mère, ma chère maman! je savais bien qu'il n'était pas mort, mon père, et qu'en allant à Terre-Neuve, je le retrouverais et que je le ramènerais.

Ce fut une grande fête ce soir-là à la maisonnette de la Houle, d'où la joie avait été bannie si longtemps. Le bruit se répandit rapidement à la Houle du retour de maître Gallais, et bientôt ses amis et connaissances vinrent leur apporter leurs félicitations, à lui et à sa famille. Jusqu'à près de minuit, la maisonnette ne désemplit pas.

Le lendemain, maître Gallais et le petit mousse retournèrent à Saint-Malo pour régler leurs affaires et rapporter leurs effets. M. Desbarres, qui était un homme juste, accorda à Paul, outre ce qui lui revenait pour le voyage, une bonne gratification en récompense de son travail et de l'exactitude qu'il avait apportée dans sa mission à M. Duport. Il accorda aussi une rémunération au père pour son travail après son retour au Museau-du-Renard. Toutes ces sommes ajoutées à celle que Gallais avait touchée pour son voyage en Australie, firent entrer l'aisance dans la maisonnette de la Houle et permirent même à maître Gallais d'en devenir le propriétaire, ce qui avait toujours été le rêve de sa femme.

FIN.

TABLE

Première partie.

Deuxième partie.

FIN DE LA TABLE.

Limoges. — Imp. E. ARDANT et Cᵉ.

SUISSE
ET SAVOIE

SOUVENIRS D'UN TOURISTE

PAR

A. DE VILLENEUVE

LIMOGES

EUGÈNE ARDANT ET Cie, ÉDITEURS.

—

www.ingramcontent.com/pod-product-compliance
Lightning Source LLC
Chambersburg PA
CBHW070847030726
47504CB00005B/1250